集英社オレンジ文庫

放課後質屋

僕が一番嫌いなともだち

家木伊吹

本書は書き下ろしです。

放課後質屋
僕が一番嫌いなともだち

【目次】

イラスト／カシオ

一話　噓の値段

これから話す物語は、実話を基《もと》にしている。プライバシーを考慮して、登場人物はすべて偽名。もちろん僕の名前、家木伊吹《いえきいぶき》も偽名である。

しかし唯一の例外が、湯布院慧《ゆふいんけい》。彼の名前だけは偽名ではなく、ペンネームで呼ぼう。

そう、ペンネームなのだ。

作家志望を名乗る湯布院と出会ってから、僕は彼を湯布院としか認識しなかった。実際には「湯布院さん」と呼んだ時期もあったけれど、ただでさえ文字数の多い名前なのに、さらに二文字増えるのは手間だ。湯布院の執筆スタイルに則《のっと》って、僕も原稿用紙に万年筆で書いている。

湯布院が作家デビューしたとき、この物語が彼の伝記になることを願う。

1

舞台は日本国内のどこか。ただし、北海道でも、沖縄でも、だからといって合併前の湯布院町でもない。

遊ぶなら電車で三十分かけて繁華街に出なきゃいけないが、ファーストフードやコンビニは徒歩圏内にあるような中途半端な田舎《いなか》町。

大学二年の冬。世間はクリスマスムードで盛り上がる中、僕は酷《ひど》く飢《う》えていた。奨学金とバイト代をやりくりする節約生活ながら、十二月は飲み会の誘いが多い。友達との付き合いもあるし、それに優しくて可愛《かわい》い恋人も欲しかった。

ホイホイと出かけた結果、バイト先の給料日の五日前に財布はからっぽ。モテナイ上に金がないなんて、そんな悲しい現実、迎えたくなかった。

僕が暮らす学生寮は、民家を改築した定員八人の小規模な寮だ。米や安売りのインスタントラーメンは、先輩に食われてしまう。引き出しにかけた鍵を無理矢理こじ開けられたとき、これはもう避けられない災害なのだと思って諦《あきら》めた。

買い置きできるのは調味料と小麦粉ぐらい。実家を出るまでろくな料理をしたことがなかった僕が、今では台所でうどんを打っている。コシの強さのコントロールも自由自在。今年の学園祭で、手打ちうどんを販売する腕前になった。

しかしそんな健気な自炊男子の僕に恐ろしい事態が起きた。決して裏切らないと信じていた心の友、醬油《しょうゆ》がなくなったのだ。

みなさん、塩うどんを食べたことがあるだろうか？　通好みっぽい印象をお持ちかもしれないが、海水を飲んでいる味がする。食事中に溺《おぼ》れた気分になったのは初めてだ。

あーあ、バイトするなら塾じゃなくて、賄《まかな》い飯が出る飲食店にすればよかった。いつか本能のまま、よそんちの柚子《ゆず》をもぎ取ってしまうんじゃないかと恐れる日々だ。

まだ理性が残っている僕は換金できそうな物を探す。といっても、四畳ばかりの手狭な部屋にはほとんど何もなく、中古ショップに漫画を先月売ったばかり。

金になりそうな物といえば、学術書？　でも試験で使うかもしれないから駄目だ。

あとは本革のブックカバーだろうか。文庫サイズで、色はブラウン。購入価格はなんと、一万円。これは、大学の図書館で一目惚《ぼ》れした女の子が使っていた物と同じブランド。話のきっかけになるかと思って買ったが、注文した商品が届くより先に、彼氏連れの姿を見てしまった。

本革は使うほどに手に馴染《なじ》むらしいが、ブックカバーは箱に収まったままだ。手に取ると、買うために苦労した日々を思い出す。自分の稼いだ金で初めて買った、ブランド品。

給料日までの間を食い繋《つな》げればいいだけだから、売るんじゃなくて預けるのはどうだろう？　大学の通学ルートに確か、質屋があった。質屋を利用したことはまだないが、品物を担保にしてお金を借りることができる、……はず。

僕はダウンジャケットを着ると、ブックカバーを箱ごと抱え、クリスマスカラーの町にくり出した。街路樹や民家がイルミネーションに彩られた夜景。独り身の僕はいつも居心地の悪さを感じてしまうが、久しぶりにまともな食事が取れそうで、今日は少し浮かれている。

さあ、いくらになるんだろう？　牛丼に生卵をのせて食べたいな。そう考えるだけで、腹が減ってきた。

目当ての質屋のショーウィンドーには、ブランド品の鞄《かばん》や財布、デジタルカメラや貴金属類が並んでいる。これだけいろんな商品があるんだから、ブックカバーもきっと扱ってくれるだろう。しかも、本革だしね。

意気揚々《ようよう》と店に入ろうとしたが、自動ドアが反応しない。ん、なんで？　戸惑っていたら、店内にいた店主らしいおっさんが壁時計を指さした。十九時五分。そして、自動ドアに書かれていた営業時間は、九時～十九時だ。

滑り込みでなんとかなるかと期待したが、おっさんは開けてくれない。仕方なく、違う店をスマホで探す。

まず見つけた二十四時間営業の店は、ネットでの口コミ評価が低かった。安く買いたたかれるらしい。評価が高くても、ここから遠かったり、すでに営業時間が終わっていたりする店が続いた中、五つ星評価を見つけた。しかも営業時間は二十二時までで、まだ間に合う。

ルート検索に従って店に向かうと、二階建ての古い建物がある。アールデコ調のアーチ窓、モルタル仕上げのベージュ色の外壁。洋館風の重厚なデザインながら、小さな玄関ポーチには人ひとりだけがようやく通れるサイズの木製のドア。一階の小窓は高い位置にあり、外枠に鉄格子《てつごうし》がついている。

店頭に灯《あか》りがなく、二階の外壁に取り付けられた突き出し看板の下半分、『林《はやし》質屋』の文字がかろうじて読み取れた。一見《いちげん》さんには入りにくい店だ。レトロともぼろいとも言い換えられた。昼間に見たらまた印象が変わるかもしれないが、近所の子どもから「お化け屋敷」と呼ばれてそう。

ちょっと不安になってくるけど、一度は牛丼を期待した胃が鳴き出した。

今更ほかに行く気にはなれず、ドアノブを摑《つか》む。右に傾けると、引っかかりもなく回ってドアが開いた。

ショーケースが並んだ店をなんとなく想像していたら、その予想は裏切られた。

リノベーションされ、明るくて広々とした室内。天井からシャンデリアが吊り下がり、部屋の中央には、細かな彫刻がほどこされたローテーブル。その周りに光沢あるベルベットの三人掛けソファと同一デザインの一人掛けソファ。僕から見て右の壁際に鍵付きの半月型のサイドボードと、その上にコーヒーメーカー。しゃれたデザインのポールハンガーや傘立てはあっても観葉植物は一つもなく、必要最低限しかないインテリアながら、どれも手入れがよく行き届いて高級そう。店舗というより、応接間っぽい雰囲気だ。

もしかして、ＶＩＰ《ビップ》ルームのドアだった？　と、僕は首をかしげつつ、店に入った。寒い中を歩いてきたから、暖房の誘惑に負けたのだ。敷かれた絨毯《じゅうたん》が柔らかくて、僕のせんべい布団よりも寝心地がよさそう。

奥の壁にはドアが二つあるが、どちらからも店員が出てくる気配はない。

「すみませーん！」

と、声をかけてから、ローテーブルの上にベルが置いてあることに気付く。押しボタン式の卓上ベルじゃなくて、振って鳴らすアンティーク調のベル。

……なんだか、映画のセットに迷い込んだ気分だ。時代設定は一体いつなんだろう。こんな贅沢《ぜいたく》な調度品を集めるような店主であれば、手縫《てぬ》いでこだわりのブックカバーにも興味を持ってくれそうだ。

期待を込めてベルを振ると、チリンと軽やかな音が響くが、出てこない。音が小さかった？　少し待ってみてから、ベルをもう一回鳴らした。チリン。返事がない。もう一回。チリン。いっそムキになって鳴らす。チリンチリンチリンチリン……。

すると奥の壁の左のドアがやっと開いて、店員が現れた。身長は僕と同じ百七十五センチくらいだが、脚《あし》は向こうのほうが長そうだ。サイズがぴったりと合った美しいシルエットのネイビースーツはおそらくオーダーメイド。第一印象は、いかにもエリート然とした二十代前半の男だった。清潔な身なりといい、クールな印象に整った顔立ちといい、女性受けが抜群によさそうな見た目だが愛想《あいそ》はない。

男は一人掛けソファに腰掛け、けだるそうに長い脚を組む。

「預け入れ？　買い取り？」

……これが、五つ星評価の接客？

肩すかしを食らって、僕がうさん臭く思っていると、男は無表情のまま、低い声で質問を重ねた。

「興味本位？」

あー、なるほど。印象的な店構えといい、イケメン店員といい、見学目的の人もいそう。

「預け入れです」

僕がそう言うと、彼は少し警戒を解いた。でも脚は組んだまま、

「話を聞こう。コーヒーは飲む？」

「はい」

「あそこ」

と、壁際のコーヒーメーカーを指さした。

……セルフサービスだとしても、もっと言い方があるだろ。僕が若くて、金を持ってなさそうだから、なめられているのかもしれない。でも小心者なので何も言えず、ついつい従ってしまう。

どうやら、全自動で豆から抽出《ちゅうしゅつ》するタイプらしい。二個ある注ぎ口に紙コップをそれぞれセットしてボタンを押すと、ゴリゴリと豆を挽《ひ》く音がした。

こんな本格的なコーヒーを飲むの、いつぶりかな。抽出されたコーヒーから漂ういい香りで僕はすっかり機嫌を直し、不遜《ふそん》な男の前に紙コップを置いた。すると座ったままのやる気ない店員が、少し驚いたように言った。

「俺の分も淹《い》れたのか？」

聞かれてようやく、淹れる必要がなかったんだと気付く。寮生活で体に染みついた、下っ端根性がつらい。

「いらなかったですか？」

三人掛けソファに座りながら僕が聞くが、男は小さく首をひねっただけだった。

こんな態度のどこが五つ星なんだよ。ネットの評判を真に受けて、感じの悪い店に来てしまった。コーヒーを飲んだら、さっさと帰ろう。砂糖とミルクを入れ、一口飲んだ瞬間、あまりの衝撃に舌を疑った。

……なんだこのウマさ！　味を確認するためにもう一口、二口と飲む。

まずコーヒーの酸味を感じたが、酸化による嫌な味じゃなく、むしろ柑橘《かんきつ》系の果実に似ている。口に春が訪れたみたいに爽《さわ》やかでフルーティ。今までコーヒーの酸味が苦手だと思い込んでいたけど、これならいくらでも飲める。

僕の貧乏舌をまろやかなミルクが包み込み、主張しすぎないオーガニックな砂糖の甘さが、苦みの強いコーヒーに優しい調和をもたらす。何層にもわたる奥行きある味わいは、熟成されたワインの風格さえ感じられた。

僕の生活レベルでは手に入らない高級素材で構成された一級品のコーヒーだ。カフェなら、一杯千円を超えるだろう。これを飲めただけで来た甲斐《かい》があったかもしれない。

僕が未知との遭遇をしていると、男は言う。

「きみ、未成年？」

「二十歳《はたち》です。大学二年」

「いくら欲しい？」

その口ぶりはまるで、小遣いをせびりに来た弟を相手にするように気負いがない。

百万円、とか言って驚かせてやりたくなったが、返済するのは僕だ。それに、高級コーヒーを常備する店で働く男の金銭感覚が想像できない。

僕は別の質問をする。

「質屋は初めてなんですけど、査定額を融通してもらえるんじゃないんですか？」

「預け入れの場合、元金に応じた利息をもらう。必要以上に借りると、きみは余計な利息を払うことになる。それに希望金額が高いほど査定がシビアになるし、時間はかかる」

そう言われて初めて僕は考える。

五日間の生活費っていくらだ？　シャンプーとかの細々《こまごま》とした物もないし、どうせなら、多めに借りときたい。

「五千円ぐらい……ですかね。最低でも、三千円は欲しいです」

悩みに悩んで僕が言うと、男は「じゃあ、千字か」とぽつりとつぶやく。それを聞いて、僕はとっさに『千字』と思い浮かべたが、実はまったく別の言葉で、質屋の専門用語なのかもしれない。

僕が聞き返すより先に、男は言った。

「で、品物は？」

僕に向かって差し出された男の左手首には、腕時計が巻かれていない。よく見ると、右手首にもなかった。貴重品を扱う仕事だから、腕時計や指輪といった装飾品をしていないんだろう。爪も深爪だ。

僕にとって、ブックカバーは失恋の痛手の象徴だが、けして嫌な思い出だけじゃない。店に下見に行くと、優しい店員が出迎えてくれた。物の善《よ》し悪《あ》しもわからない僕を、ちゃんと一人の客として扱ってくれたのが嬉《うれ》しかった。革のサンプルをいくつも触らせてもらい、目利きや手入れの仕方も教わった。このブックカバーが大切に作られた商品だと知っているからこそ、信頼できる質屋に預けたい。

今、僕の目の前にいる男は横柄だが、預け入れで僕が損しないようにアドバイスをした。感じは悪いけど、悪人ではなさそうだ。

こんな無愛想でも雇ってもらえるなら、審美眼はあるのだろう。試すつもりで箱からブックカバーを出すと、男は一瞥《いちべつ》して、「ヌメ革か」と言った。

「わかるんですか?」

僕は驚いて、思わず前のめりになる。大学の友達は誰も、この呼称を知らなかった。ヌメ革とは、植物の渋《しぶ》に含まれるタンニンを使ってなめした革。表面加工がされていないので、動物が生きているときの皺《しわ》や傷痕《あと》さえ残っている。丈夫で素朴《そぼく》な風合いから、『革の中の革』とも評される一品だ。

僕が近付いた分、男は嫌がるように顔をそむけた。でも、目はブックカバーを見ている。

「新品?」

「買ったのは一年前です」

「未使用だから、自分用じゃないな。プレゼント用に買ったが、相手に受け取ってもらえなかった？　大切にしまっているあたり、未練はある」

勝手な憶測を言いながら男は何かひらめいたらしく、嬉しそうに声を弾ませた。

「失恋か？　プレゼントする前に振られた？」

初めて笑顔を見せたセリフがこれだ。こんな嫌なやつ、出会ったことがない。

「……査定に関係あります？」

むっとして僕が聞くと、男は大きくうなずいた。

「ある。きみの思い出を査定するんだ。ストーリー性はあったほうがいいに決まっている」

はい？　ストーリー性？

僕が戸惑っていると、男は「名乗りそびれたな」と言って、ジャケットの内ポケットを探り、名刺入れから取り出した名刺をローテーブルの上で滑らせる。

僕がその名前を見たのとほぼ同時に男は言った。

「俺は、湯布院慧。ペンネームだ」

湯布院いわく、彼が査定するのは品物ではなく、品物にまつわる思い出だ。

普通の質屋は、客から担保となる品物、質草《しちぐさ》を一定期間預かることで金を貸す。客は期限内に元金と利息を払えば質草が戻ってくる。利息を払い続ければ預かり期限は延長されるが、利息すら払えないとなると、品物の所有権が質屋に移る。それが質流れだ。

でも林質屋では、品物の所有権が質屋に移るだけではなく、それにまつわる思い出話が湯布院の手によって執筆され、文芸賞に投稿されてしまう。

だからこそ、湯布院の査定はブランド価値ではなく、投稿先の賞金に見合う思い出か否《いな》か、らしい。

で、僕の希望額を聞いて、「千字」とつぶやいたのは、千文字から投稿できる短編小説の賞金が当時一万円だったから。

この説明を湯布院から聞いたとき、何言ってんだこいつ、と僕は思った。つい、「そんな道楽商売が儲《もう》かるんですか?」と聞いたら、「もともと、父が遊ばせていた会社だ。ダミー会社みたいなもの。むしろ、有効利用している」と言われた。つまりこいつは御曹司《おんぞうし》で、親の本業で損失を補塡《ほてん》できるから、たとえ赤字になっても問題ないらしい。

「俺は幼稚園からエスカレーター式の私立校育ちだ。変化のない毎日で刺激がないし、ネタがない。世間離れした価値観も自覚している。だから、こうでもしないと小説が書けない」

湯布院はまるで悲劇の主人公のように暗い顔をするが、僕からすれば喜劇だ。

僕は父子家庭で育ち、四歳下の妹もいるから、それなりには苦労してきた。特別不幸ではないけれど、お母さんがいたらな、と思うことは何度もあった。

母の日だから母親に手紙を書く宿題が出た日とか、授業参観日に同級生のお母さんに囲まれ、肩身が狭そうな親父を見たときとか。妹の面倒を見るために友達の誘いを断ったら、グループから外されたときとか。

僕の人生は、湯布院からすれば、『変化のある毎日』だろう。でもそれを、『刺激』とか『ネタ』扱いされると、すごく嫌だ。他人の思い出を買うなんて発想、僕には出てこないし、思いついてもやらない。

言葉を詰まらせた僕に、湯布院は続ける。

「いろんな経験が足りないから、読者を感情移入させる表現が俺にはできないんだ」

苦労は買ってでもしろ、と言うが、湯布院はまさしく他人の不幸を買う。

多分、悪人じゃない。でもそれ以上に性質《たち》が悪い。

善悪の区別がついていない子どものまんま、成長してしまった男は、行動力と財力を持っている。

──だから、なんだろうか。

言い訳するようだが、僕は普段、絶対そんなことはしない。そんな男じゃない。この日の僕の決断は間違っている。

でも悪魔がささやいたというか、ふと目に映った光景に、僕はある種の正当性を見出してしまった。

ローテーブルの上の紙コップ。僕のコーヒーはすでに空で、湯布院のコーヒーは手つかずのまま冷めていた。

湯布院はきっと、このコーヒーを飲まないまま捨てるんだろうと思ったら、今日の食費に悩むことがない恵まれた彼から、少しばかりのお金をもらうことに後ろめたさはなかった。

「僕のブックカバーの話を聞いてもらっていいですか？」

内容は詳しく言いたくないが、泣ける映画のあらすじを引っ張ってきた。病床の恋人から誕生日プレゼントにもらった、とか、そんな感じの。

「入院中の彼女にクリスマスプレゼントを贈りたいんです。ちょうどクリスマスがバイト先の給料日なんですけど、面会時間が短いから、入金されてから買いに行ったら間に合わなくて。湯布院さん、借りた金は絶対返します。彼女にプレゼントを渡したら、その足でここに支払いに来ます」

そしたら意外にも湯布院はボロボロ涙をこぼしながら高い鼻をすすり、相槌《あいづち》さえ忘れて聞き入って、希望額の五千円を融通してくれることになった。

書類にサインしながら、僕はすっかり居たたまれない。書類は二種類で一つが質契約、もう一つが思い出の著作権について。品物の所有権が質屋に移ったあと、それにまつわる思い出に基づいた小説を湯布院が発表しても、自分のオリジナルだと言わないことなどが書かれていた、と思う。よく読んでなかった。早く帰りたかったから。

まさか、大の大人が泣くなんて……。

僕は、何度も、自分がしたことを肯定しようとした。

確かに嘘《うそ》をついたけど、許されないような嘘じゃない。生活費が欲しかっただけ。牛丼に生卵をのせたいだけなんだ。でも自分への説得はそのたび、失敗した。

僕が書いた書類を確認したあと、湯布院は五千円札と、名刺サイズほどの質札（預かり証）を茶封筒に入れて渡してきた。

「流質《りゅうしち》期限は原則三カ月。……クリスマスに来るというのだから関係ないかもしれないが、流質日に電話連絡は必要か？」

「いらないです」

「利息は月割り計算だ。明日返しに来ても、一カ月分の利息が発生する。ただきみが本当にクリスマスに支払いに来るなら、利息なしにしてやる。だから迎えに来いよ」

と、湯布院が言った。でも僕は彼の目を見返せないままうなずいた。だって、質流れしてもいいと思っている。

これからブックカバーを見るたび、思い出すのは失恋の痛手でも親切な店員でもなく、きっと湯布院の泣き顔だ。あいつ、パグみたいにクシャクシャな顔で泣いた。

寮までの帰り道、牛丼店に入って、牛丼を頼んだ。すぐテーブルに運ばれてくる。肉の中心にくぼみを作り、生卵を入れるスペースを用意してから、生卵を頼んでないと気付いた。

……なんで、食べたかった物を忘れるんだろう。

結局、生卵は注文しないまま牛丼を完食してレジに向かう。茶封筒から五千円を取り出そうとしたら、五千円札と質札とは別に、なぜかポチ袋も入っている。

ん？　なんだ。

支払いを済ませてから、ポチ袋を取り出す。万年筆の達筆な文字を見た瞬間、泣きそうになった。

『御見舞』

世間知らずの作家志望は、僕に「迎えに来いよ」と言った。質流れしなければ、湯布院が気に入った物語を執筆できないというのに。

出会った当初、信用できるのかと疑った男は、僕のついた嘘で泣いて、僕の架空の恋人に見舞金を包んだ。

なんて純粋な男だろう。僕は、自分がしたことが恥ずかしかった。今すぐにでも謝りたかった。でも使ってしまった牛丼代はもう返せないし、給料日まで食い繋ぐ金がいる。

この日ほど、自分の情けなさを痛感することはなかった。

2

バイト先の給料日は、毎月二十五日だ。

クリスマスの朝、寮の自室で目を覚ますと、靴下に入ったバナナやみかん、インスタントの袋めんがドアの前にあった。寮長や先輩が配り歩いたようだ。いつもは略奪者のくせに、たまに優しいから憎めない。質屋に行く前に相談すればよかった。金を借りるのは無理でも、何かしらの食料はわけてもらえただろう。

リビングにいた寮長たちが何か期待する顔で僕を見るから、「なんか、サンタが来たみたいです」と報告したら、父親みたいに優しいまなざしを向けられた。朝食は、もらったフルーツを食べた。バナナは甘くて、みかんはすっぱい。

夕方、ＡＴＭで五千円と生活費を引き出してから、林質屋に向かう。嘘をついたことを謝らなきゃいけない。湯布院は怒るだろうか。

林質屋の営業時間は十八時～二十二時。年中無休とはいえ、毎日たった四時間営業なのは、趣味の延長だからだろう。

湯布院からの見舞金が包まれたポチ袋を開ける前、『作り話には騙《だま》されないぞ』と書いた紙でも入っていたらいいな、と実は思っていた。でも、入っていたのは一万円札。ほんと、世間知らずの善意の男だ。

小説のネタになるかはわからないが、今朝のサンタ話をするため、リュックに袋めんを入れてきた。……っていうか、湯布院はインスタントラーメンなんて食べたことあるんだろうか？

いろいろ考えているうちに、店先に着いた。

今日は曇天《どんてん》のせいか、夜の闇《やみ》が一段と濃く感じる。今にも雨が降り出しそうな空模様だ。

深呼吸してから、ドアを開けた。キイと鳴った乾いた音に自分の激しい鼓動が重なる。

前回同様、湯布院はそこにいなかった。ベルを鳴らしてみたが、出てこない。

……あれ？

もう一回、ベルを鳴らして、少し待つ。反応はない。

確か、前回はこっちから湯布院が出てきたような……？　僕が奥の壁の左のドアをノックすると、ふいに隙間《すきま》風が吹いた。湯布院が右のドアを開け、顔だけ出したのだ。生首姿で無愛想に言う。

「メリークリスマス」

「……メリークリスマス」

顔を見たら謝るつもりでいたのに、妙な威圧感にのまれてしまった。……怯《ひる》むな、ちゃんと言わないと。

「支払いに来たんですが、……その、謝らないといけないことがあって」

「金が用意できなかったか？」

「いえ、金はあります」

慌《あわ》てて僕は財布から五千円札を出した。それから質札も。

受け取った湯布院は「確かに」とつぶやいて顔を引っ込めたが、すぐにまた右のドアが開き、丈の長いナイトガウン姿で出てきた。上着代わりらしく、シャツとスラックスも着ている。

湯布院は眠そうにあくびを噛《か》み殺しながら、

「この品物で間違いないか、確認してくれ」

と、箱ごと渡してきた。言われた通り、一応中身を見てから、リュックにしまう。

「もしかして、寝てました?」

僕が聞けば、湯布院は首を横に振る。

「徹夜で執筆中だった。質流れした品物があって、その物語をまとめていたんだ。どんな話か、聞きたいだろ?」

その口ぶりから、彼の中で僕が話を聞くのは決定事項らしい。時間はあるから聞いてもいいんだけど、それより先に言わなきゃいけないことがある。

「それも気になるんですけど、でも僕……」

「コーヒーは?」

「今日はいいです」

「俺は飲む」

湯布院は一人掛けソファに座ると、背もたれに後頭部を置いて、目を閉じた。

……僕に用意しろってか?

このワガママっぷり、絶対一人っ子か、末っ子だなとあきれるが、コーヒーを淹れた。

まあ、ボタンを押すだけだしね。

紙コップをローテーブルに置いたが、湯布院は手をつけない。それどころかガウンのポケットから木製の小物を取り出して、僕に見せた。中央部分に穴が開いた、ドーナツ型の……なんだろう？

「コースターだ。持ち込んだ客は、金が必要なわけではなかった」

僕が口を挟む隙もなく、湯布院は勝手に話し出す。

湯布院が書いた小説を僕はまだ読んだことがないが、でもこの日以降、彼がつむぐ物語を何度となく、聞くことになる。

湯布院はソファに深く沈み込んだまま、よどみなく語る。


コースターを老婦人（と、湯布院が呼んだ）が持ってきたのは、九月一日。

彼女は珍しい客で、コースターを買い取ってほしいわけでも、預け入れをしたいわけでもなく、ただ話を聞いてほしいと言った。

「思い出話を聞いてくれる店だと、教えてもらったわ」

「誰がそんなことを？」

と、湯布院が聞くと、知り合いの建築士の名前を告げられた。林質屋のリノベーションに関わった男だ。

老婦人こと、大和田《おおわだ》さんにとって、このコースターは夫の遺品だ。

大学教授をしていた夫は、家でも自室にこもって研究ばかりの仕事人間。定年退職したあと、子どもが自立したし、ようやく夫婦二人の時間が過ごせるかと思っていたら、ヘビースモーカーが祟《たた》って、夫の肺がんが発覚した。闘病生活は長く続く。

夫が息を引き取る際、最期に残した言葉は、

「コースターを一緒に」

だった。

当初、大和田さんはそれが何を意味しているのかわからなかった。

夫が大学で使っていた木製のコースターは、病室にも持ち込んでいる。コースターを磨いている姿を何度か見かけたし、大切に使っていた。

しかし長年連れ添った妻への感謝や、幼い孫や子どもへの慈愛の言葉じゃなく、なぜ、コースター？

夫の本意ではないことはわかっていたが、大和田さんはコースターを棺《ひつぎ》に入れなかった。このコースターにどんな由来があるのか、どうしても知りたかったのだ。近親者からの贈

り物ではないことは確かだ。娘家族や親戚筋にも確認を取った。

となれば、学生からのプレゼントだろうか。あるいは、何かの記念品か。

弔問《ちょうもん》するかつての教え子や大学の元同僚にも、コースターのことを聞いた。でも、みんな懐かしがるだけで、詳しくは知らない。

情報を繋ぎ合わせると、およそ十年前から、夫は使い出したらしい。

「教授はあんなに吸っていた煙草《たばこ》だって銘柄《めいがら》にこだわらなかったのに、このコースターだけはずっと愛用してましたよ。これじゃなきゃって言って」

と、大学教授時代の夫を知る誰もが言う。

話を聞いていると、夫はずいぶんと学生に慕われていたようだ。

レポートの採点は厳しいが、授業はわかりやすくておもしろいと評判。学生の話に親身になる、今時珍しい熱血漢。

大学関係者が語る夫は、家で静かに過ごす姿とはまったく異なっていた。いつも大和田さんばかりが話しかけ、冗談一つ言わない人だった。

いつからか、大和田さんは、ある疑惑にとらわれるようになった。

コースターは、愛人からのプレゼントじゃないのか。夫が死後、心を寄り添わせたいと願った相手は、このコースターの贈り主じゃないのか。

浮気ができるほど器用な人じゃないと思いながらも、家庭と職場では違う夫の顔を知ったばかり。夫を亡くしたこと以上に、裏切りの喪失感《そうしつ》に襲われる。

夜眠ると、いつも悪夢にうなされた。

夫にコースターを贈った美しい女性が、家に訪れる夢。仏壇に供《そな》えたコースターごと、夫の魂《たましい》を連れ去ってしまう。引き止める大和田さんの声は届かず、夫は美しい女性と手を取り合う。

悪夢を見ると、大和田さんは泣きながら目覚めた。亡き夫をおとしめるような考えを持つ自分が嫌だった。でもそんな日々が半年にも及ぶと涙も枯れた。しだいに、現実を受け入れる気持ちになった。

夫には愛人がいた。

それでも、ずっとうまく隠していたし、こうして子どもと家を残してくれたことに感謝して、夫を許そうと思った。

しかしある日、友人から預かった猫が仏壇を荒らした。コースターも落ちてしまい、ヒビが入る。

傷ついたコースターを拾い、どうにか修繕できないかと持ち込んだ先が、相談窓口のある近所のホームセンターだ。店員には難しいと言われた。長年コーヒーが染みたせいでゆがみがあり、下手《へた》に扱うと割りかねない。

大和田さんが無理を承知で頼み込んでいると、何か事情があると察せられたのか、通りかかった青年が見かねて声をかけた。

「『親身になって話を聞いてくれる店がある。気持ちの整理をするためにも、そいつに話してみたらどうですか?』と、こちらを紹介してくださったの」

そんなふうに大和田さんが締めくくる。それを聞いた湯布院は、「整理はつきました?」と聞いた。

すると、大和田さんは困ったように笑う。でもその目の奥は笑っていなかった。

「私ね、散らかった遺影やコースターを見たら、ざまあみなさいと思ったのよ。私たちを裏切ったバチが当たった。……主人を許したつもりでいたのに、本当は、絶対に許したくなかったのね」

「それで……、どうして、預け入れすることになったんですか? 奥さんは金に困ってないんでしょ?」

僕はすっかり、湯布院が語る世界観に引き込まれていた。身を乗り出して聞くと、湯布

院はコースターの輪の穴を覗《のぞ》きながら、

「ずっと見ないふりをしていた怒りを自覚した途端、そばにあると自分で壊しかねないから、一周忌《き》となる十一月まで、預かってほしいと言われた。考える時間が欲しい、と。うちは質屋だから、預け入れの契約をした。大和田さんも保管料代わりとして、利息を払うつもりだった。流質期限は十二月一日。当日に電話をしたが、出なかった」

「じゃあ……」

「利息分の入金はなく、連絡もなし。よって質流れして、俺が純愛ストーリーとして仕上げている途中だ」

徹夜でハイテンションになっているのか、湯布院は楽しそうだ。

「純愛って、愛人と浮気した旦那《だんな》さんの話にするんですか？」

僕は奥さんのほうに感情移入してしまったので、つい口を出す。

「いや、大和田夫婦の話だが？」

「じゃあ、悲恋でしょ？」

僕が言うと、湯布院は不思議そうに僕をじっと見る。

「話をちゃんと聞いていたか？」

「夫への一途《いちず》な愛情という意味では、純愛かもしれないですけど、話の流れを考えたら、やっぱり悲恋ですよ。だって、奥さんは浮気されていたと知って、苦しんでいるんでしょ？　亡くなった夫とは、もう和解もできないんだし」

自分で世間離れしていると言うだけあって、湯布院は僕の言っていることがまったく理解できないようだった。これ以上、どう嚙み砕けというのだ。

湯布院は怪訝《けげん》な表情を浮かべたまま、冷めたコーヒーに手を伸ばす。紙コップに口をつけた瞬間、「あ、そうか」とつぶやいた。

「情報開示の順序に問題があったのか」

湯布院が奥の壁の左のドアを開けて行ってしまい、僕は一人取り残される。ちらりと室内が見えたが、左のドアは事務室に繫がっているようだ。じゃあ右は？　興味がそそられ、そっと開けてみると、こっちは廊下だ。奥まで覗き込もうとしたら、リュックを背後から引っ張られた。

「勝手に覗くな。きみはこっちを見ろ」

いつの間にか戻った湯布院がドアを強引に閉め、質契約の契約書を見せてくる。

なぜこのタイミングで？　契約条項にヒントがあるのか？

僕は書面を上から順に読み進める。でも別にこれといって何も……って、マジか。大和田さんの契約書だ。女性的な丸みを帯びた筆跡で『大和田桜《さくら》』とある。

「これで純愛だと、わかっただろ?」

湯布院はそう言うが、僕にはなんのことだかわからない。黙ったまま、コースターと書面を見比べる。わかるのは湯布院の倫理観がやばいってことだけ。廊下を覗き見した僕より、堂々と客の個人情報を漏《も》らすこいつのほうが絶対まずい。

僕の沈黙に焦《じ》れた湯布院は、耐えかねたように言った。

「当人に判断を委《ゆだ》ねることにしよう。タクシーを呼んでくれ」

3

僕と湯布院は、タクシーで大和田さんの家に向かった。支払いはおそらく湯布院だが、僕が反論したのがきっかけでの移動だ。割り勘になったらどうしよう。上がり続けるメーターが怖い。

後部座席に座る湯布院は、さっきからずっと電話をかけている。でも、なかなか繋がらないようだ。

運転手が助手席の僕に「クリスマスの夜だってのに、お仕事ですか?」と気さくに声をかけてくる。どう説明すべきかわからなくて、あいまいにうなずいた。

ナイトガウンからロングコートに着替え、ブリーフケースを携《たずさ》えた湯布院は、すっかり一流ビジネスマンらしく見える。普段着の僕はそのアシスタントといったところか。

電話を諦めた湯布院は、大手ディスカウントショップに寄るように指示した。

「五分待て」

と、僕をタクシーに待たせ、一人で出ていく。戻ってくるまで、五分どころか十五分もかかった。話し好きの運転手じゃなかったら間が持たないところだった。

やがてタクシーが大和田さんの家に到着したが、カードでの支払いを湯布院が断られたので、仕方なく僕は、引き出したばかりの生活費を出す。

「あとで払う」

タクシーを降りたときに湯布院はそう言ったが、結論から言えば、今も未払いである。湯布院は金に困った経験がないので、少額の貸し借りなど気に留める必要のない些事《さじ》らしい。とはいえ、僕が自分から請求できない理由は、のちにわかる。

おばあさんの家と聞いて、僕は日本建築の一軒家を勝手に想像していたのだが、そこはコンクリート造りのマンションだった。

五階建ての最上階の角部屋が、大和田さんの部屋。

エレベーターに乗り込むと、湯布院が「ジャンケン」と言って握りこぶしを振る。僕はつられて、パーを出した。湯布院はチョキ。

「あ、負けた。……なんのジャンケンです?」

「トナカイ役」

みなさんもわかってきたかと思うが、湯布院は思い込みが激しい。あと、説明が足りない。彼は、『大和田さんが電話に出ない＝クリスマスパーティで盛り上がっている』という仮説を立てたようだ。

そして、呼ばれていないパーティに参加するならば、それなりのエンターテイメント性が必要なのだそうで、トナカイ役の僕に角の生《は》えたカチューシャをかぶせた。

……なんのために車で待たされたのかと思ったら、これかよ。

文句を言いたかったが、湯布院本人が大真面目な顔で赤い帽子と白い口ひげをつけ始めたので、言えなくなった。

サンタ湯布院がインターホンを押す。ここまでして留守だったら、嫌だなあ……。

ドア越しに「はーい」とくぐもった声が聞こえた。ドアが細く開くと、絹のストールを羽織った上品そうなおばあさんが、驚いた顔で僕たちを見上げた。

「メリークリスマス」

湯布院が言い、おばあさんは何も言えずにコクリとうなずく。らちが明かないので、僕が話を切り出す。

「質草の件で来ました。今、いいですか？」

それでようやく、つけひげのサンタクロースが湯布院だと気付いたみたいで、家に上げてくれた。

部屋の間取りはファミリー用らしく、廊下からドアがいくつか見えた。通されたリビングは、こたつのある純和風。壁には小さな子どもが書いたらしい似顔絵が貼られている。初めて来る家なのに懐かしい感じがしてほっとする。

どうやら大和田さん一人で、クリスマスパーティ中ではなかったようだ。

「お一人ですか？　先ほどお電話したのですが、ご在宅ではなかったのでしょうか？」

湯布院が聞けば、大和田さんが謝る。

「ああ、ごめんなさい。登録していない番号からだと、出ないことにしているの」

「そうですか」

うなずいたあと、湯布院がつけひげと赤い帽子を脱いだ。僕もトナカイのカチューシャを取る。

「お仏壇はどちらでしょう？　よろしければ、ご挨拶《あいさつ》をしたいのですが」

湯布院の申し出に、大和田さんがリビングに面したふすまを開けた。

隣の部屋から、ヒヤリとした空気が滑り込む。昔ながらの立派な仏壇には、お供え物が並んでいた。故人は酒豪《しゅごう》だったのか、日本酒が多い。

湯布院は線香を上げ、手を合わせる。その場の流れで僕もする。知らない人の仏壇に手を合わせる機会なんてないので、少し緊張した。

遺影のおじいさんは写真が苦手なのか、口の端がこわばっている。優しげな垂れ目といい、大学教授らしい落ち着いた風格があった。

リビングに戻ると、大和田さんがコーヒーとクッキーを用意していた。でも湯布院は手をつけることなく、早速言った。

「流質日は十二月一日でした」

「ああ、ごめんなさい。その日に風邪を引いてしまったの」

「せめて、お電話をいただけたら、質流れせずに済んだのですが」

「ああ、ごめんなさい。電話番号も失念してしまって」

二人の会話を聞きながら、おかしなやり取りだな、と思った。

大和田さんがさっきからずっと同じ調子で答え続けている。『ああ、ごめんなさい』。それればかり。こう言われたらこう返そうと、シミュレーションしていたみたいだ。

電話が湯布院からだと本当に気付かなかったんだろうか？

風邪を引かなくても、初めから、質草を取りに行くつもりはなかったみたいに感じられた。

ふいに湯布院が僕を指さす。

「彼がね、大和田様と旦那様は悲恋だと言うんですよ」

「な！」

びっくりして思わず声を上げるが、湯布院は悪びれないまま続ける。

「奥様は浮気されたと思い込んでいるし、もう和解できないのだから、悲恋だって言ったけどさ！　でも、本人に言わなくてもいいじゃないか。

「酷い男だと思いませんか？　しかし大和田様、ご安心ください。弊社《へいしゃ》としては、純愛ストーリーにする予定です」

湯布院の説明がピンと来てないみたいに、大和田さんはぼうっとしている。

「質流れした品物は思い出の所有権ごと、弊社に移る契約です。大和田様の物語を小説にすると説明いたしました」

「ああ、そうだったわね。楽しみにしてるわ。でもね、書くなら、本当の話にしてもらえないかしら？　純愛なんて、そんな嘘……むなしいだけだわ」

これで、悲恋派は僕と大和田さんになった。純愛派は湯布院一人。

鼻持ちならない湯布院を負かせて嬉しいが、それ以上につらかった。

言い出したのは湯布院とはいえ、僕らのつまらない小競《こぜ》り合《あ》いにおばあさんを巻き込んでしまった。ただでさえ落ち込んでいる大和田さんを、さらに傷つけたんじゃないだろうか。

重い空気の中、湯布院が言った。

「大和田様。このコースターの材質は何か、ご存じですか？」

「ごめんなさい、知らないわ」

「国産のヤマザクラです。加工性が高く、桃色の色調が美しいと評価されている人気の木材ですが、奥様と同じ名前の素材でできたコースターを不倫相手が贈るでしょうか？」

どうやら湯布院は持論を曲げる気はないみたいだ。

大和田『桜』さんと、『ヤマザクラ』のコースター。確かに、この一致には意味がありそう。

大和田さんは知らなかったらしく、少し驚いたようだったが、すぐ顔に陰《かげ》が落ちる。

「当てつけなんでしょうよ」

「当てつけ？」

「主人の職場の方々は誰も、コースターの材質がサクラだと知らなかったのよ。主人だって、知らなかったはず」

「つまり、こういうことでしょうか？　なかなか離婚しない旦那様に不倫相手は腹を立てた。妻に尻に敷かれるのではなく、妻を従わせろという皮肉で、妻の名前と同じコースターを贈ったと？　この場合、尻に敷くのではなく、下に敷くと言うべきでしょうが」

湯布院は大和田さんの考えを分析してみせる。

言いにくいことをはっきり言うやつだなあ……！　デリカシーってもんがない。

「合っていますか？」

湯布院が聞くと、大和田さんは苦笑する。

「そうね、合っているわ」

「では、購入者は奥様の名前にちなんで、サクラで作られたコースターを選んだ、という仮説には、ご理解いただけたでしょうか？」

「ええ」

大和田さんがうなずいたのを確認してから、湯布院は僕を振り返る。

「きみは？」

僕を巻き込むなよ、と思いつつ、うなずいた。

湯布院は大和田さんに向き直ると、背筋を伸ばしてこう言った。

「では、弊社の考えを改めて申し上げます。この物語の真実は、純愛です」

湯布院の宣言に僕は驚く。……いや、お前、不倫相手からの贈り物だと自分で解説したばかりだろ。

大和田さんも戸惑ったように聞き返した。

「どうして？」

「執筆に際して、独自調査を実施しました。まず、コースターを作った工房を見つけ、次に販売店を調べましたが、閉店した店もあり、当時の販売データが残っている店はほぼありませんでした」

湯布院はブリーフケースを開けると、まるでプレゼンでもするように、こたつの上に書類を並べる。店名が連なったリストに『×』印がついていた。多分、コースターの販売店リストだろう。閉店した店の店主もしつこく捜したらしく、連絡先がいくつも書き足されている。

そもそも販売データなんて電話ですぐ教えてもらえないだろうし、こうしてリスト化するのは、とても地道で気の遠くなる作業だったはずだ。でも湯布院は涼しい顔で革の手帳を広げる。

「しかしデータはなくても、販売員の記憶には残っていました。読み上げます。『うちは小さな雑貨店ですし、大通りに面していないので、お客さんは顔見知りの女性客ばかりです。あと、たまに観光客さん。ふらりと入ってきたお客さんはスーツ姿だったので、営業の勧誘かしら？　と思っていたんです。すると……』、ここで店員は柔らかな笑みを浮かべます」

湯布院はなんと、『…』も読み上げる。しかも「テンテンテン」じゃなくて、「三点リーダー」と言った。

「『出張で来たんだけど、懐かしくなって散歩していたんだ。新婚旅行先でね』。このセリフはおそらく、口調を模倣《もほう》されたんだと思います」

そう言いながら、今度は日本地図を広げ、赤ペンで丸をつけた。海に隣接した温泉街だ。

「大和田様、新婚旅行先で間違いないですか？」

「ええ……。でも、何十年も前のことよ。主人は記念日も覚えていない人だったから、そんなことを言いそうにないわ」

まだ疑わしそうに、大和田さんは首をひねる。するとその言葉を受けて、湯布院がボイスレコーダーを取り出し、スイッチを押す。

「記憶喚起《かんき》のためにも、周辺を歩いたときの音声データを流します」

川のせせらぎ、立ち話しているおばさんの声、遠くに聞こえるトラックの発進音。暖かな昼下がりを彷彿《ほうふつ》とさせたが、……なんなんだ、この手際のよさは。

次は何が出てくるか、ワクワクしてきた。

「販売員の証言を続けます。『ご家族にお土産《みやげ》を購入されるつもりだったそうですが、地元の職人が作ったサクラのコースターを見て、おっしゃったんです。妻の名前も桜だと。私が、うちの子も桜なんですよ、と言ったら、桜を愛する者同士ですね、と微笑《ほほえ》まれて。私、当時、夫と離婚したばかりで毎日不安でしたから、別の桜さんはこんな素敵な人と結婚できたのか、うちの子にもそんな未来があるかもしれないと思って、励まされました』。そしてこちらが、販売員が描いた似顔絵です」

写実的で、やけにうまかった。仏壇に飾られていた遺影の特徴をよく摑んでいる。大和田さんはその似顔絵を手にして、じっと見入った。

湯布院は手帳を見ながら、まだ続ける。

「以上の調査結果から、コースターの購入者は旦那様だと考えます。大和田様は以前、旦那様の最期の言葉が、自分や子どもへ宛てた言葉じゃなかったことが気がかりだったようですが、死を目前にしたとき、旦那様は夫でも父親でもなく、ただ一人の人間になりました。最期にコースターを求めた理由は、死への恐怖です。死後の世界でも支えてほしいと願った相手が、奥様、あなたですが、それは叶いません。ですから、奥様を連想するコースターを一緒に納棺《のうかん》するよう頼みました。生前も死後も、愛する人と歩みたかったからです」

それを聞いた途端、大和田さんが急に小さく見えた。ずっと体に入っていた力みが抜けたからだろう。

誰も出自を知らないコースターは、夫が妻を想って買った、密《ひそ》やかな愛情の証《あかし》。

確かにこれは、純愛だ。

僕がちょっと感動して湯布院を見ると、彼はなぜか僕を振り返って、念を押した。

「ゆえに、ジャンルは純愛」

……わかったよ。お前が正しいよ。

少し気になったことがあって、蛇足《だそく》かもしれないと思いながら、僕は言った。

「ここにタクシーで来たんですけど、運転手のおじさんが話し好きな人で、いろいろ教えてもらいました。その人、タクシーではすごくしゃべるけど、家では無口なんですって」

急に何を言い出したんだ、と言わんばかりに湯布院が僕を睨《にら》む。

でも僕はどうしても、大和田さんに伝えたかった。

大和田さんが浮気されたと思った理由の一つに、大学関係者が語る夫と大和田さんが知る夫の人物像にズレがあるせいだと感じたから。

僕は湯布院ほど話がうまくない。冷や汗をかいた手を握り込み、続ける。

「大和田さんの旦那さんも、同じタイプかなって思いました。職場と家庭での顔が違う人は、それなりにいるんですよ。僕だって、家と学校だとキャラが違うと思うし。でも、それって別にどっちも嘘じゃなくて、どっちも本当の自分なんです。……だから」

そう言ったきり、その先のセリフが思いつかない。もう一歩、なんかこう……、ちょうどいい感じの決めゼリフが出てこいよ！

黙り込んだ僕に、湯布院の冷たい視線が突き刺さる。そうなると余計、声が喉《のど》にからんでしまう。

沈黙が続く中、大和田さんがうなずいた。

「そうね、そうかもしれないわね」

それはきっと僕の考えに納得したからではなく、つたない言葉しか話せない僕を助けようとして言ってくれたんだと思う。

優しい人だ。

旦那さんが家庭で必要以上に話さなかったのは、自分の思いをちゃんと汲《く》み取ってくれる大和田さんがそばにいたからだろう。そう気付いたら、急に胸がジンとした。いつか僕も、大和田さんみたいに優しい人と結婚したい。

だが、そんな柔らかな余韻《よいん》を消すように湯布院が言った。

「コースターは現在生産されていませんが、工房の職人に確認したところ、ヒビは修繕できるそうです。まあ、所有権はすでに弊社に移っていますが」

なぜ、このタイミングでコースターの所有権を主張するのか。さすが、読者に感情移入させない男だ。この流れなら、コースターを大和田さんに返すのが人情ってもんだろ。

とっさに反応できない大和田さんに代わって、僕は口を挟む。

「買い戻すのは無理なんですか？」

「可能だ」

すると大和田さんがほっとしたように大きな息をつく。

「湯布院さん、勝手なことを言うようだけど、返してもらっていいかしら？」

「……思い出を含めた所有権を買い戻すか、品物だけにするか、どちらにされますか？」

「どういうこと？」

「弊社で集めた資料の必要経費ごと買い取って小説投稿を差し止めるか、否かです。後者の場合、二度と、コースターに関する思い出話を誰にも語らないでいただきたい」

このとき湯布院が提示した金額は、生々しくて書けない。

でも大和田さんは「買い取らせてください」と頭を下げた。その決断の早さに僕は驚いたが、湯布院は予期していたかのように新しい契約書を取り出した。

「お支払いはカードですか？　現金？」

「現金で」

「ちょ、待ってください。いいんですか？　そんな、すぐに決めて」

僕が言うと、大和田さんは僕に微笑みかけた。

「……みなさん、夫を亡くした私を気遣ってくださるのよ。『おつらいでしょう、頼ってくださいね』って、おっしゃるの。優しいのね、あなたみたいに。でもね、つらいのは夫を亡くしたことじゃないの。家族で過ごした大切な時間を疑ってしまう毎日が、……悲しかったの」

子どもに言い聞かせるように僕を諭《さと》したあと、大和田さんは湯布院を見る。

「だから、湯布院さん、ありがとうね。あなたほど、親身になって尽くしてくれた人はいないわ」

それきり、僕は何も言えなくなった。

湯布院が契約書を出したとき、悪徳セールスに大和田さんが騙されるかのように思ってしまったが、冷静になってみれば全然違う。

大和田さんの悩みを他人事《ひとごと》として聞いた、優しい人間は何人もいただろう。だが湯布院のように、自分事として解決した人間は彼だけだ。

現金での支払いを済ませたあと、大和田さんが握るペンが動く間、湯布院は何度か目をこすっていた。

湯布院は作家という自分の夢を叶えるため、小説のネタ元となるコースターの由来を調べた。しかも徹夜で執筆し、僕に語って聞かせたぐらいの出来映《できば》えだ。それなのに思い出の所有権が大和田さんに戻ると、小説はどうなるんだ？　投稿を差し止めるってまさか？

その疑問の答えは、湯布院の様子から想像がつく。僕の作り話を聞いて顔をクシャクシャにゆがめて泣く男が、今日は背筋をピンと伸ばしたまま、こぼれる前の涙を拭いている。大和田さんに見せまいと努力する姿が、嬉し涙のはずがない。悔し泣きだ。

泣くぐらいなら、書かせてくれと頼めばいいのに。

著作権トラブルを予防するためか、それともこだわりの強い気質のせいか、所有権のない質草にまつわる物語はお蔵入り。

他人が夢を諦める瞬間に初めて遭遇した。そして僕が、その原因の一端を担《にな》っている。

それでも湯布院は文句一つ言わず、契約を完了させた。

コースターを受け取った大和田さんは大切そうにそっと撫《な》でた。湯布院が「こちらで間違いないですね？」とあくまで事務的な口調で続ける。

「それから、コースターを修繕できる工房の電話番号は……」

「いいの、このままで。直すのはやめるわ」

そう言いながら大和田さんは立ち上がり、隣の部屋の仏壇に向かう。

湯布院は断られるとは予想していなかったんだろう。ぽかんとしている。正直言って、僕も同じ気持ちだ。

コースターの修繕目的で大和田さんはホームセンターに行ったと聞いた。そこで出会った人の紹介で、湯布院の店に来たのだ。

不倫相手からの贈り物だと思っていたときすら、コースターを直そうとしたのに、夫の愛の証だと知った今、直したがらないのは違和感があった。

コースターを仏壇に供え、大和田さんは静かに手を合わせる。その小さな背中に向かって、湯布院が声をかけた。

「修繕したかったんですよね？　どうして気が変わったんです？　弊社の調査内容に信《しん》憑《ぴょう》性がなかったでしょうか？」

「そうじゃないの、信じてますよ。あなたのおかげで、私は主人をもう一度信じることができた」

「では、どうして」

大和田さんは体ごと、ゆっくり振り返る。電気をつけていない暗い部屋。こっちの部屋の光が、正座する大和田さんの膝《ひざ》元までしか届かない。

「……最近、すっかり忘れっぽくなってしまってね。あなたのお顔を見ても思い出せなかったわ。コースターの傷を直してしまったら、きっと、今日という日も忘れてしまう」

湯布院の顔がわからなかったのは、ひげで顔が隠れていたからじゃないか、と僕は思ったが、シリアスな空気なだけに言えなかった。

「天国で主人と会えたときにね、たくさんの思い出を持っていきたいの。私、こんなに楽しいことがあったのよ。あなたは早く死んで残念だったわね。……一緒に長生きしたかったって、あの人を悔しがらせてやりたい。だから、このコースターは傷ついたまま、私が天国に持っていくわ」

ごめんなさいね、と大和田さんは湯布院をいたわるように言う。

「……大和田様がよろしいんでしたら、それで弊社としては問題ありません」

そう答えた湯布院の表情からは、納得していない様子がありありと感じられる。

自己中なところも、空気を読まないところも、図体がデカいだけの子どもだな、と僕は思ったが、大和田さんもそう思ったんだろう。明るい声で笑った。

「そうだ。あなたたち、お酒を持って帰って。いいお酒らしいんだけど、私も子どもも、あまり飲まないから」

大和田さんがお供え物を一つ手に取って、リビングへ戻ってきた。

僕は銘柄なんか知らないが、桐箱に入った日本酒なんて高いだろう。しかも、『あなたたち』ということは、僕も飲んでいいんだろうか？

だが、いやしい僕とは違って、金持ちの湯布院ははっきり断る。

「結構です」

「遠慮しなくていいのよ。もしかして、お嫌い？」

「嫌いというか……」

「それならいいじゃない。味がわかる人に飲んでもらえるほうが、作った人だって、嬉しいんだから」

年配の女性特有の強引さで、大和田さんは桐箱をこれまた上品な藤《ふじ》色の風呂敷に包んだ。

湯布院は広げた書類を片付けながら、

「どうしてもとおっしゃるなら、そこにいる彼に渡してください」

と、つっけんどんに言う。

どうせもらうんなら、そんな嫌そうな顔をするなよ。

マンションを出ると、雪が降り始めていた。どうりで寒いわけだ。

湯布院が白い息を吐き出して、僕が胸に抱える日本酒を顎《あご》でしゃくる。

「きみが持って帰れ」

さすがに、むっとした。

大和田さんにコースターを返したことで小説がボツになったとはいえ、そんな態度はあんまりだ。

大通りに向かって歩き出した湯布院を追いかけ、

「それ、感じ悪くないですか?」

「何が?」

「いらないって態度が目に見えてわかるって言ってるんです。人の厚意をなんだと思っているんですか?」

「断っている人間に物を押しつけるのは厚意か?」

「……言い方だって、あるでしょ」

「じゃあ、どうすればよかった?　顧客を犯罪者にしたくない」

「なんで犯罪者?」

酒癖が悪いのか？

そんなことを考えていると、湯布院が僕を振り返る。

「俺は未成年だ」

え？　と、聞き返そうとした。でも聞き返すまでもなく、冗談だと思った。それにしては笑えないけど。いくらネタばらしを待っても、湯布院は何も言わない。

……もしかして、本当に未成年なんだろうか？　そう考えると、いろいろつじつまが合う気もする。

世間知らずで思い込みが激しく、たまに子どもっぽく感じる言動は、子どもだから。夕方から開店するのは、学校終わりに営業しているから。

「未成年って、いくつですか？」

とはいえ、十九歳か、若くても十八だろう。

湯布院は無言のまま、学生証を取り出した。僕でも名前を知っている、有名私立校の学生証。やっぱり金持ちのおぼっちゃんだ。しかし注目すべきはそこではない。

「……中等部？　え、中三？」

思わず声が裏返る。僕と同じ身長で、こんなふてぶてしいやつが、妹より年下？

「なんで、黙ってた……？」

動揺するあまり、僕が握り潰しそうだった学生証を湯布院は奪い取った。

「年上なだけで、自分に優位性があると思うような輩《やから》が嫌いなんだ」

それがお前だ、というような鋭い目で僕を睨む。

「もらった酒を飲んで、俺が急性アルコール中毒にでもなったら、俺の両親は酒の供給者を見つけ、法的に追い詰める。それがわかっているから、もらえない」

湯布院がコースターの調査で見せた手腕を思い出すと、彼の両親も推《お》して知るべし。さらに言えば、息子の夢のために店舗を譲るほど溺愛《できあい》している。

……っていうか、まるで大和田さんをかばっているみたいに言うけどさ。問題の本質はそこじゃない。

「そんだけわかってんなら、飲むなよ……」

「無理だ。俺は自分の知的探究心を理解している。もらったら飲む。そういう男だ」

こうも凛々《りり》しい顔で駄目人間宣言をする男を僕は知らない。

でもそんな彼に、しかも十五歳の未成年に嘘をついて金を借りた僕は、どれほど罪深い人間か。

まだ見舞金を返していない。それに嘘の告白も。

僕が立ち止まっても、湯布院は前を歩き続ける。僕がついていっても、いかなくても、気にしないみたいに。

……このまま、黙って別れてもいいかもしれない。借りた金は返したし、ブックカバーも返ってきた。見舞金はあとで郵便受けにでも投函《とうかん》しよう。

湯布院にとって僕は、小説のネタにさえならない客にすぎない。

そんなふうにして、自分自身と折り合いをつけながら、車が行き交う大通りに出た途端、吹きつけた風にあおられる。日本酒を包む風呂敷から、線香の匂いが舞った。

そしたら、大和田さんの仏壇を思い出した。これから線香の匂いを嗅《か》ぐたび、今日を思い出すんだろう。

僕の作り話で泣いた男の後ろ姿を見送り、真実を言えずに逃げ出した卑怯《ひきょう》者の自分。

そんな未来があまりにも簡単に描けてしまい、僕は立ち尽くした。

「……っ、ごめん！」

居たたまれなくて、冷たいアスファルトにしゃがみ込む。

僕の人生初の土下座は、二十歳のクリスマスだ。読者のみなさんは、まったく記憶しなくていいし、僕だって本当なら忘れたい。

でも湯布院と僕との関係性を語る上で、この日はけして欠かせない。

緊張で心臓がバクバクする。すっぱい胃液が喉まで上がってきた。

「ブックカバーの話、作り話なんだ！　恋人はいない。一から十まで全部嘘。本当にごめん。いや、すみませんでした！」

しばらく頭を下げていたが、反応がない。

おそるおそる顔を上げると、僕を見下ろす湯布院があきれたように言う。

「知ってる」

「……え？」

「きみの話の元ネタは映画だ。原作になったドキュメンタリー小説を読んでいるから、すぐにわかった」

なるほど、僕があらすじだけ覚えていた映画には、原作があったのか。というか、気にするのはそこじゃなくて。

「じゃあなんで、金を……？」

「偶然、似た経験をした人間かもしれないとも思った。特に、病室シーンが真に迫っていたから」

確かにそのシーンは、実体験に基づいていた。

三年前、長距離トラック運転手だった親父が風呂場で眠ってしまい、溺れていたのを僕が発見した。検査も含め、二日間だけの入院生活だったが、母親だけじゃなく、親父もいなくなるのかと思うと怖かった。

「……嘘かもしれないと疑いつつも、僕を信じて貸してくれた？」

てっきりうなずくかと思いきや、湯布院は首を横に振った。

「信じたいと思っただけだ」

僕にはその差がよくわからない。でも、湯布院にとっては違ったんだろう。

誰かを、信じること。

誰かを、信じたいと思うこと。

そんな細かなニュアンスを大切にする湯布院だから、夢に向かって努力し続けられるのかな。

恵まれた環境で挫折知らずなのではなく、挫折し続けながら夢を追う。

……そんな男が僕にはまぶしくて、直視できない。

「だが困ったな。きみ、契約条項を覚えているか？　思い出話に嘘をつかれた場合の違約金について」

「……覚えてないです」

っていうか、読んでないです。

「だろうな。そうじゃないと、嘘だと言い出さないだろうし」

そう言いながら湯布院がブリーフケースから契約書を取り出した。しかも、僕の署名があるやつ。……なんだ、この手際のよさ。僕が嘘をついたことも、自分から謝ることもわかっていたみたいだ。

書面の『百』の文字を見て、思わず僕は叫んだ。

「罰金百万?」

「……よく見ろ。百万じゃなくて、元金の百倍。つまり、五十万」

安心しろ、とでも言いたげに湯布院が言う。早とちりした額の半分にはなったが、学生の僕に払える金額じゃない。

「五十万は無理!」

もちろん、契約書をちゃんと読まないままサインした僕が悪いんだけど、でもこれはあんまりだ。

「あ! 高すぎる違約金は違法だと聞いたことがある」

「うん、そうなんだ。訴えられたら、俺が負ける。でも、きみは誰に相談するんだ? 作り話で金を騙し取ったせいで法外な違約金を払うことになりましたと、親や大学関係者に言えるのか?」

悔しいが、何も言い返せない!

大学に知られて退学にでもなったら、今まで払った学費も水の泡。家族に相談したら払ってくれるだろうけど、その金はおそらく、妹の進学費用から捻出《ねんしゅつ》されてしまう。

僕は現実的に五十万円の支払い計画を立ててみる。

「出世払いは……？　それか、僕をバイトとして雇ってくれませんか？」

「出世できるのか、きみが。ましてや嘘つくような人間を雇うわけないだろ」

おっしゃる通りだ……！

うなだれる僕に、湯布院が右手を差し伸べた。

「しかし、そこがおもしろい。きみは、今まで俺の周りにいなかった人材だ。興味がある」

かすかな希望を感じて顔を上げると、まぶたに冷たい粉雪が当たる。一瞬、目を閉じた真っ暗な世界に低いが明瞭な声が落ちてくる。

天啓《てんけい》のように、それでいて、悪魔の誘いのように。

「だから五十万円分、きみの人生を俺に差し出せ」

十五歳相手に借金を背負ったクリスマスから今日にいたるまで、僕は自分の体験を湯布院に話している。今時の大学生の情報が欲しいらしい。

僕が湯布院を呼び捨てにしているのは、妹より年下だからと、日々の無茶ぶりが酷いからだ。

「スポ根を書きたいから、弱小スポーツチームに入って優勝しろ」

「ラブコメのために、彼女作れ」

「いっそ、留年しろ。そしたら、学生生活が長くなる」

とか、平気で言う。

この生活から解放される条件は、五十万円を現金一括払いか、僕がネタを提供した小説で湯布院が五十万円の賞金を得るかのどちらか。

……いや、後者は無理だろ。湯布院の文才を信じてないいんじゃなくて、僕が平凡すぎる。

「僕の人生より、湯布院の人生のほうがおもしろいだろ？」

そう僕が言うと、「では、きみが書けよ」と言われた。

それで乗せられるままに書いてみたが、大変だった。調べ物に時間はかかるし、しかもなんで万年筆で書き始めちゃったんだろう。パソコンでやればよかった。

それじゃあ最後に、この言葉で締めくくろう。

僕の嘘から始まり、登場人物のプライバシーに配慮するあまり、これまた嘘をつき続けた小説の中で、偽《いつわ》らない思いをもう一度。
湯布院が作家デビューしたとき、この物語が彼の伝記になることを願う。

二話　愛情の値段

1

ザッザッザ………。

金属製のスコップを使い、僕は穴に潜って土を掘り続ける。少し前から降る糠雨《ぬかあめ》は、勢いこそ強くないものの、体温を地味に奪っていく。ぬかるんだ土は重さを増した。生《お》い茂った木々の葉が空を覆《おお》い、闇《やみ》の中にずっといるから、時間の感覚がくるう。

ここはどこだ？

頭がぼうっとする。動かし続けた手足がじんじん痛む。

なんで掘っているんだっけ？

ふと手を止めて、顔を上げる。穴の深さは僕の頭上を越えている。これを全部僕一人で？

「続けろ。休んでいいとは言っていない」

穴の上から降ってきた冷ややかな声には聞き覚えがある。湯布院《ゆふいん》だ。僕は全身濡れているのに、一人だけ傘をさしていやがる。

僕が掘らないままでいると、湯布院は土を蹴《け》り入れて穴を埋め始めた。

「おい、やめろ！」

慌《あわ》てて僕は穴に入ってきた土をスコップですくう。でも、どこに土を出せばいいんだ？　そもそもどうやってこの深さの穴を掘った？　どんな背筋力だよ。考えている間も湯布院はどんどん土を蹴り入れる。

「待った！　掘るから！　掘るからやめてくれ！」

制止の声も聞いてくれない。頭から土をかぶり、口に入った。ペッと吐き出そうとすれば、新たな土が飛び込んでくる。それでも、なだれ込んだ土のおかげで足場ができた。穴のふちに手をかけるが、自力で出るのは無理そうだ。

「頼む、引っ張り上げてくれ」

「先にスコップを」

言われるままにスコップを渡すと、湯布院がゴルフクラブでもスイングするかのように僕の頭を振り抜いた。あまりの衝撃で記憶が数秒飛ぶ。気付いたときには、穴の土壁に顔の右半分が埋もれていた。雨が強くなったのかと思ったら、殴られた左側頭部から血が出ているらしい。

——ああそうか。

薄れゆく意識の中、僕は気付く。

――僕を埋めるための穴を掘らされていたのか。

嘘《うそ》なんかつかなきゃよかった。そもそもネットの評判を真に受けなきゃよかった。

作家志望の中学生、湯布院慧《けい》。他人の思い出を査定し、小説のネタに買う男。そんなやつに借金したら、いずれこうなることぐらい予見できただろ。

目を閉じると胸ぐらを摑《つか》まれ、土から顔を引っ張り出された。穴の縁にしゃがんだ湯布院が僕を覗《のぞ》き込んで、言った。

「まだ死ぬなよ。試したいことがある」


「っざけんな！　お前も穴に引きずり込むぞ！」

絶叫しながら目覚めると、そこは僕の部屋だった。実家の自室。僕は慌てて殴られた側頭部を触ってみるが、もう血は出ていない。

なんだ夢かあ。よかった。いや、……、よくないか。

元日の夜に見る夢がこれって、幸先《さいさき》が悪すぎる。

部屋の暖房はすでに消えていたのに、寝汗をびっしょりかいていた。夢で嗅《か》いだ土のにおいがまだ鼻の奥に残っている気がする。

ふいにドアが遠慮がちにノックされる。高校生の妹が僕の返事を待たずに開けて、心配そうに言った。

「大丈夫？　叫んでたよ」

全然大丈夫じゃない。でも妹相手に、「お前より一個下の中学生相手に借金作っちゃったせいか、悪夢を見た」とは言えない。

「最近ゾンビドラマにはまってて、そういう夢見てさ」

「穴に引きずり込むって聞こえたけど、お兄ちゃんがゾンビだったの？」

「……そうだったかな。あんま覚えてない。起こしてごめんな」

妹はあまり納得してない感じだったが、結局ドアを閉めた。

……あー、もう。しっかりしろよ。

夢診断をしなくても、悪夢を見た理由はわかっている。昼間に家族で近所のばあちゃんの家に行って、仏壇に線香を上げたから、その匂いをきっかけにクリスマスの夜を思い出したのだ。

借金通告をされた、最悪のクリスマス。

路上土下座のあと質屋に戻り、湯布院からの見舞金を返却してから、僕らはお互いの妥協点を探ろうとした。でも湯布院は無茶しか言わない。

「現金で一括払いか、五十万円分のネタを出せ」

「その違約金は違法なんだよな？　本当は払う必要ないんだよな？」

「それを知ってなお、きみがここにいるのは良心がとがめているからだ。そして社会的地位の失墜《しっつい》を恐れているからだ。誠意ある謝罪をして、楽になりたいんだろ？」

確かに嘘をついて金を借りて、その相手が中学生だったという真相には罪悪感を覚えている。すごく胸が痛い。痛かった。でも払わなくていい金を五十万円も払うのはさすがに無理だし、質契約で借りた分の金は返している。

お互いの主張は平行線のまま交わらない。

やがて湯布院がこう言った。

「わかった。きみのメリットを足してやる。借金を全額返済し終えたら、俺はきみを忘れる」

「……それが僕のメリットになる？」

「ならないのか？　きみの名前、生年月日、所属大学、電話番号、メールアドレスを俺は知っているんだ」

「だから？」

「鈍いな。実名登録しているＳＮＳアカウントから、小中高の出身校、家族構成、交友関係、それに実家の現住所も特定できた。きみが将来引っ越しても、たとえ名前を変えても、俺はきみを見つける自信がある。選べよ。俺が未来永劫《えいごう》きみを、きみが俺にしたことを覚えたままがいいか、忘れるか、どちらがいい？」

……つまり、こういうことか。

僕を脅すのに一番効果的なカードである「関係者にばらす」と湯布院が言わないのは、より効果的なタイミングで使うため。たとえば就活で内定をもらったとき、あるいは結婚が決まったときにこそ、僕を陥《おとしい》れるために残している。

湯布院が脅しているのは今の僕ではなく、しあわせを摑んだ未来の僕だ。

「……考える時間をくれ」

そう断って僕は店から出た。

正直に言えば、すぐにでも引き返して、「返済する」と言いたかった。大和田さんの一件で、湯布院の執念深さと調査能力を見たあとだ。でも十五歳相手にびびっていると二十歳《はたち》の僕は認めたくなかった。年上としてのプライドがある。

それから店に行っていないが、借金の取り立てはない。それが逆に不安感をあおる。

あいつ今頃、何か企《たくら》んでいるんじゃないだろうか。

ずっと認めたくなかったが、深層心理の僕は十五歳相手にめちゃくちゃびびっていたらしい。だから、夢となって僕自身に警告した。

今年の初夢って、これになるのか……？

寝直そう。初夢をやり直そう。しかし、やけにリアルな質感の悪夢のせいで目がさえていた。眠れないまま朝を迎え、なかったふりして逃げても駄目なんだと気付いた。立ち向かわないと。

三日までの滞在予定を一日早く切り上げて、学生寮に戻った。地元のあられを手土産《てみやげ》に、林《はやし》質屋に向かう。

今日は晴れたが、去年の雪がまだ路肩に残っている。近所のスーパーの年始営業は五日からで、周りの店も正月休み中。夕飯時の夜の町は静かだ。質屋も閉まっているかもしれないと思ったけど、行ってみたら開いていたから驚いた。

正月ぐらい家族と過ごせよ、中学生。と、自分を棚に上げて思う。

珍しく出迎えた湯布院が僕を見て、どこか楽しそうに聞いてきた。

「俺に覚えられたままは嫌か？」

なんでそんなセリフを楽しそうに言うの？　自虐《じぎゃく》？　いやこいつに限ってそれはないか。

本人を前にしたら悪夢がフラッシュバックするかもと心配だったが、明るく迎えられたおかげか、案外平気だ。

「……新年の挨拶《あいさつ》に来たんだよ。これ、地元の土産」

以前のように敬語を使うか迷ったけど、結局やめた。僕の弱い部分は全部、湯布院に晒《さら》してしまったので、今更取り繕《つくろ》えない。

あられを紙袋ごと渡したら、受け取った湯布院が首をかしげる。

「借金を帳消しにするための賄賂《わいろ》？」

なんかもう……。こいつにとって僕は、嘘つき借金野郎でしかないんだろうなあ。すべてが下心ありきだと思われるのはむなしい。

「いらないいなら、持って帰るけど？」

「いただく。ちょうど小腹がすいていた。きみ、コーヒーは？」

「飲む。お前は？」

「いる」

「今度こそ、飲めよ」

前回も前々回も、湯布院はコーヒーを飲まなかったのを覚えている。

紙コップのコーヒーと、小さな缶入りのおかきがローテーブルに並んだ。

三人掛けソファに座ってから気付いたが、ごく自然な流れで僕が二人分のコーヒーを用意し、湯布院は定位置の一人掛けソファで待っていた。……変じゃないか？

「お前さ、ほかのお客さんにもこんな態度なのか？　大和田《おおわだ》さんには敬語だったのに、僕には使わないのを実は気になってたよ」

「顧客には適切に対応する。ただきみは、金を持ってなさそうな貧乏学生に見えたから」

「人を見た目で判断するなよ！」

僕が言い返すと、湯布院はキッパリと答えた。

「人は見た目で判断する。ごく当たり前のことだ。俺が中学の制服でここに座っていたら、店員には見えないだろ？」

そうなんだけどさ……。でもどうしても、腑《ふ》に落ちない。

「金に困っている貧乏人にこそ、質屋は味方すべきじゃないか？」

「善意で営業していない。盗品が持ち込まれる可能性だってあるんだ。信用できる人物か、瞬時に見定めるのは、経営努力の一環だ」

小説のネタのためにやっているくせに、真っ当なことを言う。

僕は気にかかっていたことを聞いた。

「帰省中に質屋について調べてみたら、開業手続きが面倒臭いんだろ？　未成年がやれることじゃない。……ここ、ほんとに質屋？　違法営業じゃないだろうな？」

質屋は、煩雑《はんざつ》な手続きが多いらしい。公安委員会に許可を得なきゃいけないとか。質屋となる人物には選定基準があるとか。

犯罪に関わるのはさすがに抵抗がある。

「この質屋は遠縁の親戚の店だった。現在の経営権は父にあるが、店の管理者は親戚のまだ。それに俺は雇用契約をしていないから、書類上はいない人間だ」

そう言って、湯布院は悠然《ゆうぜん》と微笑《ほほえ》む。

「家業の手伝いをする中学生には、なんら違法性はない」

わっるい顔しやがるなあ！

詭弁《きべん》だろ、と思ったが僕には言い返すだけの材料がない。

一応改めて言うと、この物語は実話を基《もと》にしているが、人物や場所を特定されないためにもおもしろおかしく脚色しているから、「こんな店はありえない！」とツッコみながら読んでほしい。

ただ湯布院の性格に関しては、これでかなり控えめになっている。

そんなやつだから、ごくごく普通の僕こそ湯布院にとっては縁遠い存在らしく、一般家庭の年越しを根掘り葉掘り、聞いてくる。しばらく受け答えをしたあと、僕も疑問を口にした。

「僕の話で、五十万円の賞金が獲得できるような小説が書けると本気で思ってる？　こういう日常ネタしか僕にはないぞ。大和田さん夫婦級の物語を語れるとは思えないんだけど」

「日常生活をテーマにした賞もある。きみのように取るに足らない普遍《ふへん》的な人物像こそ、読者に好意的に受け入れられやすい」

湯布院が淡々と言うから、そんなものかとうっかりうなずきかけた。

「今なんて言った？　取るに足らない？　本人を目の前にして言うことか？」

「俺はきみが言ったことを意訳しただけだ。きみにはきみのよさがあると言われたかったのならそう言えよ」

まるで僕のほうが非常識だと言いたげな口ぶりだ。

話しながら気付いたことが実はもう一つあって、それが湯布院が僕の名前を呼ばないこと。たった一回も呼ばれていない。こんなに徹底しているのは不自然だ。

家木《いえき》伊吹《いぶき》は小説用の偽名だが、僕の本名は書類の記入例で書かれるような没個性的な名前なので、覚えにくいと言われる。でも僕の個人情報で脅しをかける湯布院が覚えていないわけがない。

嘘つき借金野郎の名前は呼びたくないのかと気付くと、そこそこ傷つく。あいつの涼しげな声で「きみ」と呼ばれるたび、小間使いにでもなった気分だ。

それがなんだか悔しかった。うまくは言えないが、いや、うまく言う必要もないか。

僕は自分勝手な理由で嘘をついた。認める。

その嘘で湯布院を騙した。認める。

だけど、それ以外の一面も知ってほしかった。

2

林質屋に通うようになったのは、まあ、半ば意地だった。

湯布院の復讐者《ふくしゅうしゃ》リストから僕の名前を外し、未来のしあわせな生活を守るため以上に、僕の話で一度は笑わせてみたいという意地である。

したり顔やあくどい顔じゃなく、年相応の無邪気な顔。

だから塾のバイトがない日、週二回ほど、大学終わりに質屋に通う習慣がついた。湯布院に言われたんじゃなくて、自主的に。

行くたび、湯布院は、

——ああ、また来たのか。

と、言いたげな顔をする。

——今日こそ、有益な情報だろうな。

と、挑発的に眉をつり上げ、僕を見やる。

湯布院は絶望的に察しが悪い。なんとなくわかったふりでその場を収めようとしない。言葉のキャッチボールじゃなく、ピッチングマシーンの速球を一方的に当ててくるから、いつも最後は軽く言い合いになる。

一月下旬のその日もそうだった。

「来週から定期試験だ。大学生になってから驚くのが、ノートを持ち込めることなんだけど、でも持ち込めるから楽勝なんじゃなくて、それぐらい難しい内容なんだよなあ」

「きみは結論と感想を混同するから、評価が低いだろ？」

高くはないが、低いってほどじゃない。頭から低いと決めつけられるのは屈辱《くつじょく》だ。平均点の前後を行き来する僕でも、むっとする。

「僕のレポートを見たことがないくせに」

「想像はつく。きみは時系列や登場人物の整理をしないまま話すし、主張もころころ変わる。エビデンスのない情報も多い。きみの話を聞かされる俺のためにも、論文の構成について書いた本を読め」

身に覚えのある指摘ばかりで耳が痛い。

「……せっかく素敵なアドバイスをもらったから、今日は帰ろうかな。お前のためにもいい成績を取らなきゃ」

「別に俺はきみに留年してもらっても構わないが？」

「僕が構うんだ！」

店の出入り口のドアに向かうと、背中に声がかかる。

「次回はぜひ、きみのレポートを持参してくれ」

「やだよ。どうせぼろくそに言うんだろ」

「いや、A評価以外の採点を後学のために見たいだけだ」

つまり、A評価しか取ったことないと自慢しているんだね？　お前は。なぜ神様は知恵と金と素晴らしい顔面を湯布院に授けたんだ。不公平だ。

「試験週間が終わったらまた来るよ。再来週かな。さみしくなったら電話しろよ」

あくまで軽い冗談を言ったつもりだったのに、湯布院はニコリともしなかった。暴言よりも無視されるほうがつらい。反抗期の子どもを持つ親の気持ちって多分こんな感じ。

湯布院効果といってはなんだが、その日以降、いつも以上に集中して勉強に取り組めた気がする。

そして迎えた、定期試験直前の日曜日。

試験勉強に励《はげ》み、明け方には心地よい達成感とともに眠りについたが、スマホの着信音で目覚めた。番号は非通知で、無視してもまたかかってくるから仕方なく出る。

「もしもし?」

寝ぼけた声で僕が聞くと、返ってきた声はまさかの湯布院だった。

「助けてほしい」

僕が飛び起きたのは言うまでもない。


明るいうちから、林質屋に来るのは初めてだ。

午前十時過ぎ、電話で頼まれた品物を抱え、僕は店を見上げた。夜は目立たないが、日中だと、二階の外壁に取り付けられた突き出し看板が目につく。ペンキ塗りの看板で、建物と同じくらい年代物だ。

『質・預かり　林質屋』

そういえば、親戚の店だったと言ってたよな。前店主は林さん? 湯布院の本名も林? 学生証を見たけど、名前よりも年齢に注目してしまって、覚えていない。

そんなことをのんびり考えていられるのも、湯布院に頼まれたお使いに緊急性がないからだ。

犬用トイレシートに、ドッグフードと骨ガム、犬用のボール。

思い出を査定する質屋とはいえ、今回は犬を預かったのだろうか？

僕に泣き言を漏《も》らすぐらい、湯布院は焦っていた。あの柔らかな高級絨毯《じゆうたん》に粗相《そそう》されて困る湯布院を想像すると、とても楽しい。このまま待たせたかったが、犬が腹をすかせていたらかわいそうだ。

手のひらに食い込むレジ袋の持ち手を握り直して、ドアを開けた。

僕は慌てふためく湯布院と犬に荒らされた店内を期待していた。でも湯布院は定位置の一人掛けソファに座って、タブレットを操作している。そして足元には従者のごとく、黒い短毛のラブラドール・レトリーバーが伏せていた。

こういう光景、セレブのお宅訪問番組で見たことある。休日の豊かな過ごし方じゃん。

がっかりする僕に湯布院が言う。

「突っ立っていないで、さっさと入れ。もともと鈍《にぶ》い思考能力が寒さで凍りついたのか？」

「……朝早く電話したのに来てくれてありがとう、だろ！」

言い返すと、湯布院は口角を上げ、棒読みで復唱する。

「『朝早く電話したのに来てくれてありがとう』」

……あー、ほんと。いつも無愛想なくせに、僕をバカにする表情だけは豊かだなあ！

心がこもっていないありがとうは、スゲー腹立つ。

荷物をドサッと床に置くと、ラブラドールが僕を見上げた。

犬ってもっとこう、人懐っこかったり、警戒心が強くて吠《ほ》えたりしそうなのに、この子は伏せの体勢のまま、目しか動かさない。よくしつけられている。

「湯布院の犬？　触ってもいい？」

飼ったことはないけど、犬がいる生活は憧《あこが》れていた。大型犬は特に飼うのが大変らしい。体が大きいからちゃんとしつけないと、大人でも手に負えなくなる。

「だとしたら、きみに助けを乞わない」

そう言いながら、湯布院がラブラドールの背中を優しく撫《な》でた。

「昨日、飼い主が連れてきた。俺は奥で作業をしていたから気付かなかった。朝まで待ったが、迎えが来ない」

「つまり、預かったってこと？」

聞き返したら、静かに首を横に振られる。

「契約をしていないし、さすがに生き物は扱わない」

ということは、勝手に置き去りにされた犬？

毎日に刺激がないと語る男だから、こういうイレギュラーなことを楽しむのかと思えば、その顔には苛立《いらだ》ちが見える。

「飼い主を特定できそうな物はないのか？」

僕が聞くと、湯布院はタブレットをかざした。

「防犯カメラの映像ならある」

そう言って操作し始めたから、僕は横から覗き込んだ。

出入り口を映す一台、部屋の中央を映す一台、奥のドアを映す一台、合計三台の防犯カメラの映像。音声は拾わないタイプらしいが、画質はクリアだ。

昨夜二十時五十二分、男がラブラドールを連れて店に入ってくる。二十代半ばから後半の男。身長は百七十センチ弱ぐらい。スポーツ経験があるのか、ガタイがいい。トレンチコートの下はスーツ。大きな紙袋をローテーブルの上に置く。

真面目なビジネスマンっぽいけど、見た目と中身が伴わないのは、湯布院がいい例だ。

「こいつ、湯布院の知り合い？」

「それなら、きみを呼ばない」

まあ、そうだろうけどさ。聞いた僕もバカだったけど、トゲトゲしさを隠せよ。

映像の飼い主はラブラドールのハーネスと赤い首輪を外した。

「あれ？　なんで外したんだろ？」

ただ置いていくだけならば、わざわざ外す必要はない。

僕のつぶやきに湯布院が答える。

「飼い主に繋《つな》がる証拠を減らすためだろう」

「なんで？」

「わからない」

「お前にもわからないことがあるんだ？」

皮肉のつもりでもなく僕が聞けば、湯布院は嫌そうに顔をしかめる。

「わからないからきみを呼んだんだ」

自分のプライドより飼い主捜索を優先したあたり、犬好きなのかもしれない。

映像の飼い主がラブラドールに向けてハンドサインをしながら短い言葉を言った。ラブラドールがその場で伏せたので、多分、「ダウン」か「伏せ」だ。

飼い主が店を出ていき、ドアが閉まる。ラブラドールはドアを見たまま、パタパタと尻尾を動かす。置き去りにされたとはまだ、気付いていない。楽しい遊びの最中にいるラブラドールだったが、一分、三分、そして五分過ぎても飼い主が現れないので、尻尾の振り幅がどんどん小さくなっていき、やがて止まった。

そこで湯布院が映像を一時停止させる。

「不可解な点がある。飼い主は三日分のドッグフードも置いていった。しかも一回の食事量を小分けしてある。ペットボトルの水とウォーターボウルまで用意されていた。それほどの配慮ができるなら、なぜ、何も言わないままだったのか。なぜ、ペットホテルに預けなかったのか」

「預ける金がなかった、とか……？」

「二十万のコートに腕時計や革靴は海外ハイブランドの新作」

「金持ちこそ、ケチだって聞いたことある。だから金が貯《た》まるって」

するど、オーダースーツを着込んだ金持ちが無言でじっと僕を見る。僕は慌てて、

「お前がそうだとは言ってない」

「わかっている。気にしていないから、謝らなくていい」

気を悪くしたから謝れと、暗に言っている。

沈黙が怖いので話を変えた。

「……ってか、エサがあるなら、僕が買い出しする必要があったか？」

「持ち込まれたドッグフードを食べないんだ」

「ん？　知らない相手に犬を預けた上に、犬が食わないエサを用意したの？」

自分で言いながらも、違和感がある。

「なんらかの理由で飼えなくなったから、面倒を見てくれそうな場所に連れてきた……っ

て考えるのも、無理があるよな？　僕が同じ立場になったとしても質屋は選ばない。あ、林さんの知り合いとか？　質屋の元経営者で、お前の親戚の林さん」

「聞いたが知らないそうだ。ついでに訂正すると、林姓じゃない」

「じゃあなんで、店名が林質屋なんだよ？」

「プライベートに関わる質問だ。借金を全額返済後、対等な人間関係を構築してからにしてくれ」

　早朝から助けを求めてきたやつに、ぴしゃりと言い捨てられた。

　店名の由来を聞いて、そんな返しをされることある？

　僕はちょっと傷ついたのだが、湯布院は別のことで心を痛めていた。

「ドッグフードを食べないのは、初めての環境に戸惑っているせいかもしれない。目先を変えるため、買い出しを頼んだ。……個体識別できるマイクロチップが装着されていなかったし、防犯カメラの映像から飼い主の画像検索をしたが、同一人物は見つからなかった。SNSに顔写真をアップロードしない人間らしい」

「警察に相談は？」

「したが空振りだった。きみ、アルバイトをしないか？」

「は？　なんの？」

急に話が飛んだので、思わず聞き返した。頭の回転速度に口がついていかないらしく、湯布院はこういう脈絡のない話し方をたまにする。

「いつまた飼い主が店に来るかわからないから、人手がいる。今夜二十二時から朝六時まで、ここにいるアルバイトだ」

提示されたバイト代は相場から考えると割がいい。借金返済の足がかりになる。でも何かモヤッとした感情が胸に引っかかってしまい、やると即答できなかった。

「……考えさせてもらっていい？　ほら、明日から試験が始まるしさ」

誘いにすぐ飛びつくと思っていたらしく、湯布院は不快感をあらわにする。

「金額が少なかったか？」

苛立った声に責められ、僕はモヤッとした原因に気付いた。

金で動く人間だと思われたことが嫌だったんだ。

そりゃあ、金は大事だけどさ。僕は契約書もよく読まないような、嘘つき借金野郎だけどさ。けど、今はそんなときじゃないじゃん？

お前が怒っているのと同じ気持ちで、僕も無責任な飼い主に対して怒っているよ。だから、アルバイトだと言わなくてよかった。たった一言、「手伝ってほしい」でよかった。

険悪な空気が流れる中、ふいにスマホのアラームが鳴った。塾のバイトの時間だった。

「……悪いけど、ほかのバイトがあるから行くよ。終わったら、連絡するから」

なだめるように僕が言うと、湯布院はぷいと顔をそむけた。

まるで子どもみたいな態度だな、と思ったけど、子どもだった。頭ではわかっているんだが、そのことをつい忘れてしまう。

僕が大人になるべきかもしれない。

湯布院はずっと、ある言葉を避けていた。そのせいで「連れてきた」とか「迎えが来ない」なんて回りくどい言い方をした。あいつは主人の言葉を守る忠犬の前で「捨てられた」とは、可能性の一つとしてさえ、言いたくなかったのだ。

……犬に対してすらできる配慮が、なぜ僕にはできないのか、それがわからない。


バイト先の塾まで、学生寮からより林質屋からのほうが近かった。

僕がバイトする塾は、駅近のビルの三階にある。主な生徒は小・中学生。講師の研修もしたけど、大人数の前で話すなんて緊張しちゃって無理だった。今はテストの採点と試験監督、たまに受付業務も手伝っている。

人手が足りないから試験前でも休みが取れず、アルバイトはエレベーターを使っちゃいけないという変なルールのある職場だが、二年近く続けられたのは瞳《ひとみ》さんがいたからだ。

瞳さんはすでに内定をもらっている大学四年生。お嬢様校育ちなんだけど、湯布院とは違って気取ったところがない気さくな性格。彼女のことが一時期好きだった。彼氏がいると知った今でも、ほんのり好きだ。

階段の踊り場で偶然、瞳さんを見つけた。軽やかなボブカットと真っ白なダッフルコートがよく似合っているけど、小柄だから後ろ姿だと中学生に見える。

彼女は僕に気付くなり、「あれ?」と言った。

「今日、機嫌悪い?　誰かと喧嘩《けんか》した?」

生徒人気ナンバーワンの瞳さんは、さすがの洞察力だ。その喧嘩相手が中学生なのが恥ずかしくて、僕は焦って否定した。

「上機嫌です!　喧嘩なんかしないです」

「じゃあ、お腹《なか》がすいているのかな?　クッキーをあげよう」

と、瞳さんがうつむいて、トートバッグの中に手を入れる。タートルネックの襟《えり》ぐりが広く、見えそうになった素肌からとっさに目をそらすと、瞳さんは胸元を押さえた。

「見た?」

「見てないです」

「そうなの？　見てもらいたかったのに」

「え！」

「声が大きいよ。秘密にしてね」

恥ずかしそうに言いながら、瞳さんはタートルネックの襟ぐりに指を入れ、細い金のチェーンネックレスを一瞬だけ、持ち上げる。ペンダントトップ代わりのシルバーリングがキラリと光った。

ワクワクした顔で、瞳さんが僕に聞く。

「見た？」

「見……ました。僕の見間違いじゃなかったら、その……、チェーンに指輪が」

「もう、言わないでよー！」

そう言って嬉《うれ》しそうに僕の肩をたたいた。痛い。っていうか、……変な想像してごめんなさい。彼氏からプレゼントされた指輪を自慢したかったんですね。

「婚約指輪ですか？」

「そんな婚約なんて、まだだよ！」

まだってことは予定があるのか。好きだった人のノロケ話を聞くのは複雑だ。

ひとしきり僕をたたいた瞳さんが、ハッと我に返って、

「ごめん、私が勝手に話しちゃってたね」

「いいですけど。……あの、一個、聞いていいですか？」

「え、指輪のこと？　やだー、聞き上手《じょうず》なんだから。石は私の誕生石のオパールだよ」

いや、聞いてないですけどね。まあ、しあわせそうで何よりだけど。

「大人をなめているような生意気な男子中学生って、どう対処したらいいですか？」

僕が聞くと、それまでニコニコしていた瞳さんは急に顔を引き締め、人気講師のスイッチが入った。

「どうって？　たとえば、何が気になっているの？」

「なんか、僕に対する扱いが……犬以下なんですよね」

我ながら身も蓋《ふた》もない言い方だ。でも瞳さんは笑うことなく、少し考えてから、

「なめられているんじゃなくて、甘えられているんじゃない？」

「甘える？　あれで？」

びっくりして、ついタメ口が出た。

「すみません」

すぐ謝ったら、「気にしなくていいよ」と瞳さんが笑う。

「敬語はいらないって、前にも言ったよ。でもずっと敬語のままだから、仲良くなりたく

ないって言われているみたいで、さみしかった」

「違っ……！　瞳さんは、年上だし、美人だから、緊張して」

「はいはい。わかってる。……あのね。その男子中学生くんは、わざとワガママを言っている部分があると思う。自分のことをどこまで許してくれるのか、本当に信頼していいのか、様子見しているんだよ。怖いんじゃないかな？　人間関係が」

昔の私みたいに、と瞳さんは言いながら、タートルネックに触れた。服越しに指輪を捜したんだろう。

瞳さんの彼氏は、瞳さんが高校でうまくやれずに不登校だった時期の家庭教師だったらしく、「内定が決まったから、やっと大人扱いしてもらえた！　六年越しの片思いが実ったよ」と去年の夏、教えてくれた。僕の片思いが砕けちった日だから覚えている。

「今は甘えさせてあげてよ。愚痴《ぐち》なら、私が聞くから」

瞳さんが今度こそバッグから個包装のクッキーを取り出して、僕にくれた。そこまで言われたら、うなずくしかなかった。

……でもなあ、あれは甘えるなんて生易しい言葉じゃあ言いあらわせないよなあ。

それからバイト中も湯布院のことが頭にちらつく。

一度寮に帰って、夕飯食べて、勉強道具を持ち出してから質屋に向かっても、指定された時間には余裕で間に合う。

用意周到な湯布院だから、もう代わりを見つけたかもしれない。でも、今朝の声が耳にこびりついている。

――助けてほしい。

プライドの高いあいつがそこまで言ったんだから、今回は僕が折れよう。


約束の二十二時ぴったりに林質屋の前に着いた。

あー、なんか気まずいな。バカにされるのを覚悟して、店のドアを開ける。

どうやら、代わりはいないようだ。店内にはラブラドールと湯布院だけ。

ラブラドールは僕を見るが、湯布院は一人掛けソファの肘《ひじ》掛けに片肘をついてうつむいている。嵐の前の静けさに僕は怯《おび》えた。

「……あのさ、やっぱり僕、バイトをさせてもらおうかなーって思って」

こそこそと歩み寄ると、湯布院は健《すこ》やかな寝息を立てている。

そういえばこいつ、店で朝まで飼い主を待ってたらしいし、昨日から寝てなかったのかも。ずっと気を張っていたんだろう。

目を閉じた寝顔は、やっと、十五歳っぽく見えた。

3

湯布院が目を覚ましたのは、僕が店に来てから十分後。

寝冷えしそうだから、毛布代わりに僕のダウンジャケットを胸元にかけてやっていた。

湯布院はその下で小さく身じろぎ、こう言った。

「臭《くさ》い」

……ちょっと見直したら、すぐこれだ。しかもマジトーンで言うから、結構傷つく。

ぼうっとした顔でまばたきしていた湯布院が僕を見つけ、急に覚醒《かくせい》したみたいに眉間《みけん》に皺《しわ》を寄せた。あどけない十五歳が、思い出を査定する質屋に変貌《へんぼう》した瞬間だ。

「いたのか。俺は帰る」

湯布院が僕のダウンジャケットを丸め、ゴミでも放るみたいに僕に投げる。普段だったら、何か言い返しているところだが、今の僕には負い目があった。

エサを食べない犬を預かった十五歳の苦しい心境を、まったく想像できていなかった。

「タクシーを呼ぼうか？」

珍しく下手に出て聞いたが、湯布院はジャケットの内ポケットから懐中時計を取り出し、首を横に振る。

「迎えを頼んでいる。あと四分三十六秒で着く」

「……僕が時間通りに来るって、わかってた？」

僕なりに葛藤《かっとう》したというのに、湯布院の想定内でしかなかった？

「考えたいとは言ったが、しないとは言わなかっただろ？　きみは真面目で律儀な性格だ。十二月は返済金の五千円を釣りが出ない形で用意したたし、自分が不利な状況にしかならないのに嘘の告白もした。その点において評価している。来るとしたら、きみは時間を守る」

まさか褒められるとは思わなかった。え、普通に嬉しい。でもそれで終わらないのが湯布院である。

「アルバイト終わりの連絡がまだないから、下方修正が必要だ」

「……ごめん」

すっかり忘れていたから、素直に謝った。

「口ではなく、行動で示せ。表の鍵を渡しておく。トイレは最寄りのコンビニで借りろ。明日、五時十分に交代が来る。何かあったら連絡しろ。店の番号に電話すれば、俺個人の番号に転送される設定になっている。店の番号はここに」

そう言って鍵とショップカードを僕によこす。自分の番号は教える気がないそうだ。なんだかなあと思いながら、口コミサイトにも載っている番号をスマホに登録する。

出入り口のドアに向かう湯布院が急にきびすを返した。

「必ず連絡しろよ」

正確には、スタッカートをきかせ、「れ・ん・ら・く」と言った。連絡を怠《おこた》った前例がある僕は、「はあい」と首をすくめて答えた。

湯布院は疑り深そうに睨《にら》んでいたが、やがて出ていった。

ドアが閉まった途端、ほっと息をつく。

あー、湯布院の寝顔写真を撮っておけばよかった。あいつには弱みを握られてばっかりで割に合わない。

静かな店内で、僕はリュックから勉強道具を取り出した。こういう状況だからこそ、いい点を取りたい。湯布院は僕に「留年しろ」とそそのかすけれど、湯布院に関わったせいで本当に僕が留年したら、気にすると思う。

「人間関係が怖い、かあ」

瞳さんの言葉を思い出してつぶやく。

湯布院はそんなタイプには見えない。金持ちで、イケメンで、有名私立校の生徒で、勝ち組の条件を生まれ持った王様だ。

　ふと、僕はラブラドールに声をかけてみる。

「お前には優しかった？」

　ラブラドールはそれに答えず、じっとドアを見ていた。


　翌日の五時十分。店に湯布院がやってきた。いつものスーツ姿で無愛想な顔なのに、ピンク色のピクニックバスケットを携《たずさ》えている。

　徹夜明けの僕は幻覚かと思ったが、幻覚じゃない湯布院が言った。

「朝食の差し入れだ」

　ローテーブルにランチボックスとスープジャーを並べていく。しかも銀製のカトラリーまで。徹夜で勉強していた場所がレストランに早変わりした。

　ちょうど腹が減っていたからすごく助かるけど、こんな気遣いができるようなやつとは思っていなかった。

「……ありがとう。湯布院のお母さんが作ってくれたのか？」

「準備したのは家政婦だ」

「お前んち、家政婦がいるの？」

驚いて聞き返したら、湯布院は平然と答える。

「家事代行を頼む家庭は、今時珍しくないだろ」

まあそうかもしれないけど、家政婦が作った朝食の差し入れってインパクトがすごい。

「丸がフランス小麦のバゲットで、楕円《だえん》がライ麦のバゲット」

と、湯布院がフレンチトーストの解説をした。両方ともキャラメリゼされてカリカリの表面だが、中の食感が違う。フランス小麦のほうは、フワアと柔らかい口当たりで、ライ麦のほうは、ほどよい弾力がある。手作りの苺《いちご》ジャムが少し緩めだから、フレンチトーストによく染みた。

しかも付け合わせの分厚いベーコンが、食べ盛りの男としてはありがたい。豆の入ったミネストローネで体の芯から温まると、さらに食欲が湧く。

甘いとしょっぱいの組み合わせが絶妙で、永遠に食べ続けられそう。

「僕が地球最後の日に食いたいメニュー、決まったよ。これだ。これがまた食いたい」

胃も心も満たされて僕が最上級の褒め言葉を言うと、湯布院は軽蔑《けいべつ》しきった顔をする。

「地球最後の日に他者の労働を求めるだなんて、きみはクズだな」

……こういう定番の問いでは、人件費や材料費を無視するもんだろうよ。やっぱり、こいつとは絶望的にそりが合わない。

共通テーマとして、別の話を振った。

「ラブラドールが全然、こっちを見ないな。特にベーコンとか、飛びついてきそうじゃん？　置物みたいにほとんど動かない。夜中も静かだから寝てるかと思ったけど、起きていた」

僕が言うと、湯布院もうなずく。

「ワンワンには帰巣《きそう》本能があるから、自分で家に帰るかとも期待したんだが、出ていく素振りさえない。獣医師に診《み》てもらったが、老いたワンワンらしい」

「……湯布院？」

「なんだ？」

僕は迷った。なぜなら、湯布院は真剣に心配していたからだ。けど、どうしても聞かずにいられなかった。

「お前、今、ワンワンって言った？」

寝不足だから聞き間違えたんだと思った。しかし湯布院はうなずいた。

「言った」

「……ちなみに猫はどう呼ぶんだ？」

今はそんな質問をする時間か？　とでも言いたげに、湯布院は訝《いぶか》しがる。

「いいから！　僕にとっては重要なんだ」

僕の熱意に押され、湯布院が答えた。

「ニャー」

「にゃあ？」

真顔で言うから、呪いの言葉みたいに聞こえた。

「お前、そこまで動物好きだったのか？」

やっと湯布院の弱みを見つけられたかと思ったら、淡い期待はすぐ裏切られた。

「小動物に対して幼児言葉を使うと、対象物に愛着があると印象づけられる。犬を『犬』と呼ぶ人間より、『ワンワン』あるいは『ワンちゃん』と呼ぶ人間のほうが、異質性が薄らぐんだ。動物好きに悪人はいないという、根拠のない定説がはびこっているからな」

堅っ苦しい言い方をするからわかりにくいがつまり、犬を「犬」って呼ぶとちょっと変な感じがするけど、「ワンワン」って呼べばただの犬好きな人だと思われるからあえてそう呼ぶ、という理屈なんだろう。

偉そうに語った湯布院は、その呼び方に違和感があったからこそ、僕が聞き返したことに気付いていない。本人がそう信じているんだし、僕は湯布院の口から赤ちゃん言葉を聞けて愉快だし、訂正しないでおこう。

……脱線してしまった。

情報が出そろったから、改めてこの状況を整理する。

「飼い主はそもそも、思い出を査定する質屋だって、知っていたのかな？　訳ありっぽい状況を作って、お前に託したのかも？」

「託す、とは？」

湯布院の目が据わり、『言葉足らずのきみが言っていることが、高尚な頭脳の持ち主である俺には理解できないから、意味が通じるように説明しろ』モードに入った。

ニュアンスでわかれよ、と思うのだが、僕は具体例を考える。

「たとえば、飼い犬が病気になったけど、小金持ちの飼い主じゃあ手が出ない高額医療を受けないと助からなくて、大金持ちの湯布院に頼った」

「治療が必要なら、書き置きでもするだろう。手遅れになったら意味がない」

「……確かに」

「しかし、それ以前の着眼点はよかった。特に、『思い出を査定する質屋だと知っていたのか』と『訳ありっぽい状況を作った』という点。今日は、ここからアプローチをしてみる」

　そう言って、湯布院が懐中時計を取り出した。

「ちょうど六時。帰っていい」

「日中の店番はあとで来るのか？」

「俺が残る」

「お前が？　今日学校は？　三年だから授業はないの？」

「通常授業だ。小テストもある」

「駄目じゃん！」

　僕が言うと、湯布院はシラッと答える。

「追試を受けるから平気だ」

「……ずる休みしたら、親が怒るだろ」

「それはない。親が怒るのは、自分の想定を超えた行動を子が取ることを恐れるからだ。想像力の欠如《けつじょ》と、視野の狭さからくる。俺の両親は俺を信頼しているし、その期待に応《こた》える努力をしている」

　大人びた口調の十五歳に、何か言い返さなきゃと思った。親が子どもを怒るのは愛情からだと僕は思う。湯布院の考え方は多くの親をバカにしている。

こいつの身近な大人として諭《さと》さなきゃいけないんだけど、徹夜明けの頭では、湯布院と討論するだけの気力がなかった。

結局いろんな言葉をのみ込み、預かった店の鍵を返す。

「……なんかあったら、呼べよ」

とだけ言って店を出ようとしたら、「口座番号を教えろ。アルバイト代を振り込む」と呼び止められた。

「いらないよ。お前だって急なことで大変だったろ」

そう格好つけたあと、学生寮までの帰り道で、すぐ後悔した。やっぱもらっとけばよかったかなあ。でも一度金を受け取ったら、もう二度と湯布院に頭が上がらなくなってしまう気がする。その一線だけは死守したい。

自室で仮眠したあと、大学に行く。

今日の試験は午前中だけ。

僕は大学で地域学科を専攻しているが、選んだ理由は消去法だった。

受かりそうな大学の、受かりそうな学部の、受かりそうな学科を受験した。

やりたい勉強も目標もなかったから本当は進学する気もなくて、高校を卒業したら地元で働こうと思っていたけど、親父は進学を勧めた。

「本当にやりたいことを見つけたときに、すぐ始められるようにしとけ」

求人情報を見れば、採用条件に大卒資格を求める企業は多い。

僕にはずっと夢がなかったし、これから見つかるかもわからない。

何かにはならなきゃいけなくて、でも何者にもなれないだろう未来をなんとなく受け入れていたとき、湯布院と出会った。

流されて生きている僕とは正反対の野心家。

腹立つことは多いけど、惹《ひ》かれる部分も多かった。

一カ月ほど過ごしてわかったのは、別世界の住人は別世界にいるままだということ。

夜空に浮かぶ月を地上から仰ぎ見るみたいに、湯布院と僕は遠い。知れば知るほど、埋まらない溝ばかりが目につく。

眠気と戦いながら午前中の試験をなんとか終えると、学食に向かいがてらスマホを取り出して、試験前に切った電源を入れた。

「……瞳さんに相談したい」

瞳さんとは連絡先を交換したけど緊張しちゃって、プライベートなやり取りはしたことがない。彼女が彼氏持ちになったあとはさらに、心のハードルが上がった。

スマホを見ると、林質屋からの不在着信が二件あった。ぎょっとし、慌てて電話をかける。

　すぐに出た湯布院は挨拶もなく、用件を言った。

「きみ、運転免許はあるか?」

「あるけど」

「車を出せ」

「車はない」

「レンタカーを借りて、店に来い」

　それから湯布院は、車種やレンタル時間などの条件を言った。僕は焦ってメモしたが、ふと気付く。

「僕はまだ、行くと言ってないぞ」

　行く気はあった。でも、こっちの都合も聞かないまま、小間使いみたいに顎《あご》で使われるのは嫌だった。

　電話口で湯布院がスッと息を吸う。長ゼリフを言う前兆《ぜんちょう》だ。

「きみは俺に『呼べ』と言ったが、電話に出なかった。この場合、二パターンの可能性が想像できる。一、その場限りの心ない発言だった。二、試験中だからスマートフォンの電源を切っていた。きみが折り返し電話をかけてきたから、今は時間に余裕があり、俺に関わる意思があると判断した。間違っているか？」

……空気を読めないくせに、僕の心はガンガン読み解きやがる。

僕が無言でいると、湯布院はまた息を吸った。

「用意されたドッグフードは三日分だ。三日で戻る予定だったのか、放任する罪悪感を解消するためだけに残したのかはわからない。今日で三日目だ。もしかしたら、夜に来るかもしれない。でも来ないかもしれない。不確定な未来より、俺は確実性を取りたい。これから、飼い主をおびき寄せるためにワンワンを運ぶ。手伝わせてやるから、早く来い」

そう言ったきり、湯布院が一方的に電話を切った。

「……」

スマホを持ったまま、しばし迷う。

湯布院は僕が来ると決めつけている。ここで言いなりになったら、あいつはもっと図に乗る。今でさえ王様なのに、その上はなんだ？　神様？

でも、いち早く飼い主を見つけることがエサを食べない老犬のためだ。僕には懐いてはくれなかったが、それでも一晩一緒にいた相手だし、情はある。

「おい、どうした？」

と、同学年で学生寮仲間の石黒《いしぐろ》が声をかけてきた。からかうように笑う。

「朝帰りで疲れてんの？」

多分、下世話な想像をしているんだろうが、その想像通りだったらどんなにいいか。

僕は溜め息交じりに言った。

「近所のレンタカーショップって、どこにあるか知らない？」

4

紹介されたレンタカーショップは、十キロ以下の小型犬までしか乗せられない規約だった。それは他店も同じで、結局、石黒の友達の親父さんからミニバンを借りた。家族ぐるみで犬好きらしく、迷い犬を飼い主に返す予定だと言ったら、快《こころよ》く貸してもらえた。

息子の友達の友達という遠縁の僕は恐縮したが、石黒とその友達は「お礼は、朝帰りの彼女の友達と合コンでいいから」と耳打ちしてきた。

彼女じゃないし、そもそもあいつ、友達がいるのか……？

ネタばらししたら貸してもらえない可能性があったので、僕はにこやかにうなずいて車を出す。

ほどなく林質屋の前に車をつけた。電話をもらってから、一時間半が経過している。

怒られるだろうな、と思いながらドアを開けると、まさしく怒られた。

「遅い。ケージを運ぶから、手伝え」

あまりにも予想通りで笑ってしまった。

「にやけるな、不快だ」

辛辣《しんらつ》な男である。しかも、僕が乗ってきたのが指定した車種じゃないと気付いた。

「お使いもまともにできないのか？」

借りられなかったのはレンタカーショップの規約のせいだ。僕だって、そんなのがあると知らなかったのだから、運転免許を持っていない十五歳が知らなくても仕方ないけれど、臨機応変に対応したことをけなされる筋合いはない。

「……ありがとうが先だろ。大型犬は乗せられないって言われたんだよ。それで、車を貸してくれたのが、僕の友達の友達の親。そんなツンケンしてたら、お前に協力してくれる人がいなくなるぞ。学校の友達とはうまくやれてるのか？」

「友達はいない」

「だと思った」

笑って受け流したら、意外にも湯布院はむっとした。

なんだ、そのリアクション？　僕は少し考え、ふと気付く。

「友達なら僕がいるだろって、言ってほしかった?」

「それはない」

じゃあなんだよ、と思ったが、「早く手伝え」と急《せ》かされた。

まず、三列目シートを格納したラゲッジスペースにケージを設置する。細かい車種指定はこのためだったらしく、紐《ひも》の調節をしてなんとか固定した。

次に、ラブラドールをケージに入れる。こっちのほうが手間取った。新たに買ったハーネスをつけて動かそうとしても嫌がって逃げる。最終的には、僕がだっこして運んだ。

「こんなに動けるんだったら、なんで今まで逃げなかったんだ?」

運転席に乗り込み、疲れ果てて僕が言うと、後部座席に座った湯布院が答える。

「仕事だからだ」

「ここで待つのが?」

聞き返しながら、死んだ飼い主の帰りを待つ忠犬ハチ公を思い浮かべた。

「あ!　病気なのは飼い主のほうで、犬の面倒を見てくれる人を探していたのか?」

「いいから、黙って運転しろ」

バカと話すのは疲れる、とでも言いたげに、湯布院は大きく身を乗り出してカーナビに行き先を入力する。県境にあるそこは、盲導犬《もうどうけん》の訓練センターだ。

……ああ、そうか。やっと腑に落ちた。

「盲導犬なら確かに、待つのも仕事だもんな」

「正しくは、盲導犬見習いだ。訓練を受けても、すべてのワンワンが盲導犬になるとは限らない。飼い主についてては個人情報だから教えてもらえなかったが、センターに連れていけば、職員が連絡を取るてはずになっている」

「じゃあ、飼い主が引き取りに来る？」

「そうだ。置いていった理由は本人に語ってもらおう」

借り物の車、しかも湯布院と老犬を乗せているのでわずかな振動にさえ緊張が走ったが、しばらく走らせると慣れた。赤信号で停《と》まり、バックミラー越しに後部座席を見る。

ケージの中のラブラドールを気遣うように、湯布院がそばにいる。

「……さっきの話なんだけど」

緊張で僕の声がややうわずる。

友達がいないやつに友達の話を振ったのは、さすがに無神経だった。

「多分そのー、湯布院は大人びた性格だから、クラスで馴染《なじ》めていないかもしれないけども、それは嫉妬《しっと》されてるせいじゃないかなあ？　だってほら、金持ちで顔がよくて、二面性はあるけど、親切な部分だってあるだろ？　お前には友達がいなくても、お前を好きな女の子はいると思うよ」

年長者らしくフォローしたかったが、こういうことに慣れてないので、目が泳いでしまう。

湯布院がバックミラー越しに僕を見返した。

「余計な心配りは無用。友達はいないが、女子大生の婚約者ならいる」

「は？」

「大学のミスコンにも選ばれた、才色兼備な女性だ」

口角を上げ、彼女のいない僕を哀《あわ》れむように鼻で笑う。

クッソオオオオオオ！

もう二度と、心配なんかしない。


二時間弱のドライブのあと、訓練センターでおばちゃん職員に引き渡されたラブラドールは、嬉しそうに尻尾を振った。僕らには見せなかった姿だ。

湯布院は「店に置き去りにされた」ではなく、「店に迷い込んだ」と話していたようだ。職員は僕らに感謝しきりだった。

「格好いいお兄さん二人に助けてもらえてよかったね」

職員が声をかけると、言葉が通じているみたいにラブラドールは目を細めた。すごく人間っぽいしぐさだ。これが自然体の表情なのだろう。

見知らぬ場所で、見知らぬ人間に囲まれたことが与えた影響。

僕らが見ていたのは元気のない老犬じゃなく、ストレスに晒《さら》された犬だった。

「名前、教えてもらえませんか？　飼い主じゃなくて……、その、ワンワンの」

僕が聞くと、職員が笑って答えた。

「サラちゃんです。品のある女性、王女って意味らしいわよ」

「え、メスだったんですか？」

今更ながら僕が聞くと、職員のほうこそ驚いたように聞き返した。

「見れば、わかるでしょ」

「ずっと伏せたり寝転んでたから……」

そうか、女の子だったのか。いや、年齢的にはおばあさんか？

サラに別れの挨拶をすると、鼻先を手のひらにすりつけてくれた。本来は人懐っこい性格みたいだ。慣れない道をドライブした苦労が報われた気がする。だからこそ、飼い主への不信感が大きくなった。

サラと別れたあと、湯布院に聞いた。

「これからどうする？」

「待つ」

作戦は、いたってシンプルだった。人や車の出入りの邪魔にならないよう、二十メートルほどの距離を取って正面玄関が見える場所に駐車し、飼い主を待つ。

僕は運転席、湯布院は助手席に座った。

「刑事ドラマの張り込みみたいだな」

と、僕が言ったら無視された。

車内で暖房をつけていると、窓が白く曇《くも》る。換気がてらに窓を開けたり、バッテリーが上がらないよう気を配ったり、冬の張り込みは忙しい。

待っている間、いろいろ考える。

飼い主の男は社会人っぽかったから、連絡がついても会社終わりに来るんじゃないのか。

そもそも今日、引き取りに来るんだろうか？

さらに言えば、店に置いてけぼりにする男にサラを返していいのか？

ぼんやりした不安に襲われる中、バイト先のグループチャットが騒がしい。瞳さんが急病で代打を探しているらしかった。人望がある人なので、すぐに代わりが見つかる。僕がドライブ前に代打を探したときとは、大違いのスピードだ。

「どうした?」

湯布院は視線を訓練センターに向けたまま、問いかけた。こいつ、目が正面以外にもついているんじゃ?

「別になんでもない」

「なら動くな。気が散る」

「……前からだけど、もっと言い方考えろよ。犬をワンワンって呼ぶより先に学ぶことがあるだろ」

「え、マジで?」

「そういえば、きみはサラをワンワンと呼んだな」

嘘だろ? と思ったが、「きみと違って、嘘をつかない」と言われた。

「……一言も二言も多いけどな」

そう僕が言ったせいか、しばらく無言になった。僕もつい張り合って黙っていたら、それから三時間も話さなかった。

すっかり日は落ち、辺りは真っ暗になる。

湯布院がじっとしたまま動かないからまた寝ているのかと思い、身を乗り出して顔を覗くと、虫でも追い払うみたいに手を振った。

サラにした十分の一も、僕には優しくない。

「……飼い主を捕まえたら、どうすんの？」

「話を聞く」

「それで？」

「気に入ったら、小説にする」

「それで？」

「終わりだ」

「ほんとに？」

何を言いたいんだ？　と言いたげに湯布院が振り返る。僕としては、サラのこれからについて話したかった。でもそのタイミングで、タクシーが訓練センターの前に停車し、二人降りた。

湯布院が素早くドアを開けて車から降り、その二人に歩み寄った。僕も慌てて追いかける。

「サラの飼い主じゃないかもよ！」

声をかけたら、正面玄関に向かう二人がこっちを振り向いた。暗くて遠いので、顔までは見えないがサラの名前に反応する人物なら、飼い主である可能性が高い。

しかし、あと五メートルほどの距離に縮まると、前を歩いていた湯布院がふいに立ち止まった。

「わかった。帰ろう」

その場できびすを返し、車に向かう。

「おい、ちょっと！」

一人で勝手に納得するなよ！　でも僕の文句も聞かず、湯布院は「運転しろ」とだけ言い捨てる。

防犯カメラの映像では気付かなかった特徴に、今気付いた？

飼い主は湯布院の知り合い？

僕は並んだ二人を見た。身長差がある男女二人組。十五歳にパシられるドライバーにだって、それぐらいの権利はあるだろう。

「……あ」

思わず声が漏れた。

同じタイミングで彼女のほうも僕に気付いたが、どうして僕がここにいるのかまではわからないようだ。いつもの笑顔が浮かべられない。僕だって、高熱を出して寝込んでいるはずの人がこの場にいたら、驚く。

　生徒やバイト仲間から信頼の厚い瞳さんがずる休みするわけない。でもサラを置いていった男に連れ添っていたのは、瞳さんだった。

　状況が読めない僕は、とっさに湯布院を追いかけた。すでに車の後部座席に乗り込もうとしていたところを捕まえる。

「わかったってなんだよ？」

「言葉通りの意味だ。策略の意図《いと》がわかった。防犯カメラの映像では知らない顔だと思い込んでいたが、誤りだ。印象が薄くて覚えていなかった」

「納得がいく説明をするまで、運転しない」

　そう言い切ると、湯布院は僕をじっと見た。

　心の奥まで覗き込もうとする、真っ直ぐな瞳。

「それが脅しになると思うのか？」

「思わない。お前はタクシーを拾えばいいだけだ。僕が言っているのは今日だけじゃなく、これからもだ。僕から五十万円分のネタを回収できたか？　まだだろ。人を使いたいなら、うまく使え。僕を納得させてくれよ」

　湯布院は言い返そうとしたが、何も思いつかなかったのか、あるいは思いついた罵詈雑《ばりぞう》言《ごん》をのみ込んだのか、やがて諦《あきら》めたように言う。

「あの二人は、俺の婚約者とその恋人だ」

5

訓練センターのそばの喫茶店で、注文したコーヒーを待っている。テーブル席のしきりに赤レンガを用いたモダンな店内。地元客の憩《いこ》いの店らしく、聞き慣れない方言が賑やかに飛び交っていた。

瞳さんとその恋人が並んで座り、テーブルを挟んで、湯布院と僕が並んで座る。通路側に婚約者同士が向かい合ったのは偶然だ。

現状を整理する時間はあったが、いくら考えても答えは変わらない。

僕は婚約者カップルとその恋人の修羅場《しゅらば》に立ち会っている。

犬を巡る騒動だと思ったら、女性を巡った三つ巴《どもえ》だったとは……。さらに言えば、僕も瞳さんがほんのり好きだったから、四つ巴なのか？

問題を起こしたサラの飼い主。彼に寄り添う瞳さん。すべてを把握《はあく》した湯布院。まだ何もわからない僕。

うーん。このメンバーでは、僕だけ予選落ちって感じだな。

喫茶店に向かう道のりで、僕と湯布院はお互いの情報交換をした。湯布院曰《いわ》く、

「形だけの婚約だ。祖父同士が勝手に決めた。法的な効力も精神的依存もない。恋人がいることは彼女本人から聞いていた」

「怒ってないのか？　婚約者がいるって自慢げに話してただろ」

「自慢されたと感じたのなら、それはきみのひがみ根性のせいだ」

傷心の十五歳への同情心がどんどん枯渇《こかつ》していく。

やがて、テーブルにコーヒーカップが四客並んだ。でも僕以外、誰も手をつけない。そりゃそうだ。コーヒーを飲みに来たんじゃなく、話す場所が欲しかっただけだから。

最初に口を開いたのは、瞳さんだった。

「彼から話は聞きました。迷惑をかけてしまい、申し訳ありません。私たちの間で誤解が生じたせいです」

いつも気さくな彼女がやけにかしこまっている。起こした事態のせいかとも思ったが、湯布院はそれを当然のこととして受け入れていた。二人は本当に形だけの婚約者だったみたいだ。

年下の恋人に先に謝られて面目丸潰れの男だが、まず名刺交換を申し出たあたり、社会

人の癖が染みついているらしい。

中目黒《なかめぐろ》さん（僕的にはさん付けしたくないのだが、それでも最低限の礼儀として）は、銀行の営業マンだ。湯布院の名刺を受け取った彼が「本当だったんだ」とおかしそうに言った。

「他人の思い出を買いたたく質屋」

……なんだろう？　ちょっとした言葉のニュアンスの違いだが、トゲがある。

「そんな店にどうしてサラを置き去りにしたんですか？」

そう聞くと、僕がいたことに今気付いたみたいに、中目黒さんは眉を寄せる。

なんでこいつが話に入ってくるんだ？　と言いたげだ。まあ、ごもっともな疑問だけども。

「私に話したことをもう一度、言って」

そう言って瞳さんが中目黒さんの手を、おそらくテーブルの下で握った。

「……、試すつもりだった。瞳の婚約者がどんな人物か知るために」

中目黒さんは瞳さんに向かって話す。彼女を見るときだけ、目元が和《やわ》らぐ。恋人でありながら元生徒。恋愛感情以外にも、保護者としての愛情があるんだろう。

「職業柄、店の評判が耳に入ってくる。人の心を理解しない悪魔のような少年が大切な思い出ごと取りたてる質屋。聞けば聞くほど、瞳の婚約者としてふさわしくない」

それを聞いて、僕は湯布院に耳打ちをした。

「言い返したいけど、全然間違ってない」

テーブルの下で足を踏まれた。やり返そうとしたが、湯布院が履《は》いている革靴がピカピカに磨かれていたから踏めなかった。

その間も、瞳さんと中目黒さんは言い合っている。

「婚約は形だけだって何度も言ったでしょ。お祖父様《じい》が口約束しただけで」

「瞳が知らないだけで、両家の縁組は期待されているんだ。無理だよ。外堀から埋められる」

「反対されたら、駆け落ちすればいいじゃない」

「あいつに捜索能力があることは証明されただろ。逃げられないよ」

「じゃあどうして！　クリスマスに指輪をくれたの？　ほかの人と結婚すると思っているなら、贈らないでよ！」

とうとう、瞳さんの声に涙が滲《にじ》んだ。

店内に流れる曲が、アップテンポな曲に変わった。なぜ、この状況でそんなことに気付いたかというと、周りのテーブルの会話がやんでいたからだ。

流れていたのが洋楽だと気付かないほど話し声であふれていたのに、このテーブルの成り行きを見守っているらしい。

湯布院は言う。

「弊社《へいしゃ》の方針に対して否定的な考えをお持ちのようですが、『試す』というのは一体どういう意味ですか？　ワンワンを保護する人格者であれば、恋人を任せるに値すると？」

愛憎の修羅場シーンで発せられる『ワンワン』発言は、時間を凍らせる効力がある。

――あのイケメン、あんな真面目な顔でワンワンって言った？

さざなみのように広がった、みんなの戸惑いが僕には理解できた。

このイケメンは犬好きじゃないのに、わざとワンワンって言うんですよ。おかしなやつでしょ？　って、言って回りたい。

しかし空気を察しない湯布院は、涙ぐむ瞳さんを見つめた。

そのときふと、僕は瞳さんの言葉を思い出した。

『男子中学生くんは、わざとワガママを言っている部分があると思う。自分のことをどこまで許してくれるのか、本当に信頼していいのか、様子見しているんだよ。怖いんじゃないかな？　人間関係が』

この店内どころか、世界中を探しても数少ないだろう自分を理解しうる女性に向かって、湯布院は冷たく言い放った。

「好きになった女性一人、しあわせにする意欲もない低レベルな男を選ぶだなんて、見る目がないですね。失望しました。祖父には俺から婚約破棄を申し出ます」

スクッと立ち上がり、伝票を手に取ってレジに向かう。僕も慌てて立ち上がりながら、何も言い返せない中目黒さんを見る。

湯布院は、サラの飼い主を捜すために学校を休みましたよ。

あんたの策略を見抜いたあと、文句一つ言わずに帰るつもりでしたよ。

あいつを知りたいなら、自分で質草《しちぐさ》を持ち込めばよかったんじゃないですか。

しかし湯布院は格好つけて退場したから、僕も黙ったまま、でもコーヒーの付け合わせのチョコレートは摑んでテーブルを離れる。レジで湯布院がカード払いを断られていたので、すぐ追いつけた。代わりに僕が財布を出して現金で払う。

「現金を持ち歩けよ。店にはあるだろ？」

「店の金を外に持ち出すと、税理士に怒られる」

親には怒られないのに税理士には怒られるのか。会ってみたいよ、湯布院が恐れる税理士。

店を出る前、テーブル席を見ると、うなだれる中目黒さんに瞳さんが何か話しかけている。

彼女のこういう姿は塾で何度も見た。勤務時間外でも生徒の相談に付き合う人だ。

中目黒さんのやり方は間違っていたけど、瞳さんへの深い愛情があった。瞳さんはそこを読み間違えるような人じゃない。

喫茶店の駐車場に向かって歩きながら、僕は言った。

「なんか、がっかりだなあ。瞳さんの恋人があんなやつで」

瞳さんから聞いていた話だと、スーパーヒーローみたいなイメージだった。この人になら、負けても仕方ないと思える男。

今回のヒーローは、まさかの湯布院だ。

「自分が悪役になって、二人を応援しようとしたんだろ?」

「本心を言っただけだ」

「またまた、強がっちゃって。サラをあの飼い主の元に戻していいのか心配だったけど、根っからの悪人じゃないだろうし、瞳さんがそばにいるなら大丈夫」

「きみががっかりする男と今後も付き合うと思うのか?」

「思うよ。瞳さんはそういう人だから。僕が採点ミスして辞めようとしたときだって、『失敗しない人なんていないんだから、失敗から何を学ぶかだよ』って、励ましてくれた」

「月並みな言葉だな」

元婚約者に対して手厳しい。

「でも、それが嬉しかったんだ。気にかけてくれたり、褒めてくれる人って、大人になるほど少なくなるからさ。『おはよう』、『元気にしてる？』、『悩みはない？』、『頑張って』って声をかけてくれる瞳さんがいたから、今まで頑張れた」

「……彼女が好きだったのか？」

今気付いたとばかりに湯布院が言う。

僕はそれには答えず、喫茶店でもらったチョコレートを差し出した。

「ほら、四百円相当のチョコレート。お前、コーヒーを一口も飲まなかったろ。あれ、地味に傷つくからな」

話をそらされたことで湯布院は不満そうにしたが、それでも長いドライブのせいで空腹だったらしく受け取った。少し考えてから、彼がつぶやく。

「ありがとう？」

心からの言葉ではなく、僕の反応を見ている。

ルミノール反応でも調べるみたいに、自分の発言がどんな影響を与えるのか、実験する。

日常会話でさえ、湯布院にとってはフィールドワークの一環だ。

「どういたしまして」

僕が笑顔で答えると、満足な結果が得られたようで、湯布院は小さくうなずいてから車の後部座席に乗り込んだ。

……お前、帰りのドライブをサポートする気はゼロかよ。

サラのケージを押さえる目的がなくても後ろに座るだなんて、こいつはやっぱりナチュラルで王様だ。まあカップルの引き立て役より、偉そうなほうが湯布院らしい。

僕は運転席に乗り込みながら、ふと気付いてはいけないことに気付いてしまう。昨夜から睡眠時間を削って働いているのに、喫茶店代とこのあと補給するガソリン代で赤字だ。

ああ、早く借金返済したい！　小間使い生活から脱したい！

三話　遺恨の値段

1

林質屋《はやし》に僕が再び訪れたのは、犬騒動から二週間後の月曜日。湯布院《ゆふいん》のやり方に嫌気がさしたからじゃなくて、単純に忙しくて行けなかった。

喫茶店でのやり取りのあと、瞳《ひとみ》さんがバイト先の塾を辞めた。もともと大学卒業と同時に辞める予定ではあったけれど、予定よりずっと早い。

僕は当初、先日のことがあったせいかと思ったから、電話をかけた。

「僕と会うのが気まずいなら、僕が辞めます」

自分から瞳さんに電話をかけたのはこれが初めてで、憧《あこが》れていた人との初電話が別れのためだなんて悲しい。でも塾の生徒にとって、受験本番を控えた時期に瞳さんという心の支えがいなくなる影響は大きいだろうし、それなら辞めるのは僕のほうがいい。

そんな決意表明を聞いて、瞳さんは電話口で笑う。

「違うよ。職場の事前研修があるせい。私も急に言われてびっくりしちゃった。辞めるけど、塾にはまめに顔を出すよ。生徒みんなを合格させよう」

頼りにしてるからね、と逆に説得された。

瞳さんが辞めたら、ほかの人も辞めてしまい、急なシフトに翻弄《ほんろう》された日々だった。

二月に入り、久しぶりに林質屋のドアを開けると、ちょうどそのタイミングで、中から人が出てきた。

まず、ツルリとしたハゲ頭が目に入る。身長は僕より十センチは低いが、体重は僕より二十キロ以上重そう。長い眉毛は白髪交じり。目尻の下がったえびす顔なのは、いい取引ができたせいか、生まれながらそうなのか。

えびすじいさんは僕をドアマン代わりにして悠々《ゆうゆう》と風を切り、闇夜《やみよ》に消える。七十過ぎてもいまだ現役と言わんばかりに、粋《いき》な藍《あい》色のマフラーを巻いていた。金に困っているようには見えないが、質屋に来るだけの事情があるんだろう。

店に入ると、久しぶりの一言もなく湯布院が言った。

「ちょうどいいときに来た」

ご機嫌そうな彼に嫌な予感しかしない。

ローテーブルの上には、着物を包んだたとう紙が置いてある。これが、さっきのえびすじいさんの質草《しちぐさ》？

「それ、預かったのか？」

僕が聞くと、湯布院は首を横に振る。

「いや、買い取りだ」

そう答えて、たとう紙を開いた。ツンと防虫剤のにおいがする。長い間、タンスの肥《こ》やしになっていたようだ。

湯布院の手によって、鮮やかな色味があらわになる。

「この振《ふ》り袖《そで》は、人間国宝による京友禅《きょうゆうぜん》。質屋より呉服店のほうが高値をつけそうだが、ある噂《うわさ》のせいで、業界でも忌《い》み嫌われていた。俺も話だけは聞いていたが、……まさか実在するとは」

振り袖は萌黄《もえぎ》色。黄色が強めの緑で、春先の若葉を象徴する色。モチーフに芍薬《しゃくやく》と牡《ぼ》丹《たん》があしらわれているのは、『立てば芍薬、座れば牡丹』から来ているのだろう。金粉や刺繍《ししゅう》を多用し、素人目《しろうとめ》にも豪勢だった。

振り袖は未婚女性の正装だ。若くて希望に満ちた女性のために仕立てられた一品が、十五歳の質屋の手に渡っているというだけで、すでに謎めいている。

冷静どころか、冷淡な印象のある湯布院にしては珍しく興奮していた。つまり、忌み嫌われた原因である噂こそが、彼の好奇心を駆り立てたのだ。

どんな逸話《いつわ》があるのか、聞くのが怖いなあ……。でも、聞いてほしそうな顔だし。

僕は観念して聞いた。

「湯布院は僕に問いかけた。

「噂って？」

「二人の死者を出している」

予想通り、ろくでもない話だ。

振り袖にまつわる一人語りが始まるのかと思いきや、湯布院は僕に問いかけた。

「着てみないか？」

「嫌だよ！」

女物な上に曰《いわ》く付きの着物なんて、着るわけないだろ！

ごく当然な僕の訴えが理解しがたかったらしく、湯布院は首をかしげ、

「きみは俺に借金があるはずだが？」

「死者を出した振り袖なんだろ！　そんなやばいの着たら僕も死ぬかもしれないじゃん」

五十万円のために命を捨てるつもりはない。僕の命はそこまで安くないはずだ。

しかし湯布院は、

「因果関係を誤解している。見ろ、しつけ糸が残っている。服に値札をつけたまま外出しないように、しつけ糸を残したまま着物は着ない。誰も袖を通さなかった証拠だ。『着たら死ぬ』という理屈は成立しない」

「服だって試着するときは値札つきのままだ。しつけ糸が誰も着てない証拠にはならない」

僕が言い返せば、湯布院が黙った。

珍しく言い勝ったのかと思ったら、長ゼリフの前の息継ぎだったらしい。

「これを店に持ち込んだのは、持ち主じゃなく、仲介屋だ。親族から受け継いだ遺品の中に、この振り袖があったんだが、四十年以上経《た》った今でもトラウマになっている事件があ……」

「待て、湯布院！　話すな！　何を聞いても僕は着ない」

四十年過ぎても消えないトラウマ話を僕に聞かせようとするな！　僕はこのあと、一人で夜道を帰るんだぞ！

「お前が着ればいいだろ」

「映像を記録したいんだ。自分が被写体になると、客観視できない」

「曰く付きの振り袖を着せた上に、撮影までする気か！」

それから湯布院はモデル代を提示したが、僕は断固として断り続けた。でも、諦《あきら》めることを知らない湯布院がこう言った。

「わかった。折衷《せっちゅう》案にしよう」

どうしてこうなったんだ……。

僕は今、人間国宝が作った振り袖で二人羽織をしている。

詳しく説明したくない状況ではあるが、湯布院が三人掛けソファで脚《あし》を開いて座り、空いたスペースに僕が浅く腰掛けている。みなさんが想像しうる、正月番組などで見るような二人羽織で間違いない。ローテーブルには仲介屋の手土産《てみやげ》だという和菓子と、熱々のコーヒーがセッティングされていた。

動画撮影中のタブレットに写る自分の姿に、なんとも言えない感情が込み上げる。

……これが、折衷案でいいのか？

理論上は、自分の顔を出したくない湯布院と、袖を通したくない僕の意見が、それぞれ汲《く》み取られている。しかしバレンタインデーを目前に控えた今日、男二人が二人羽織するという宴会芸的行為をなぜ、営業中の店内で繰り広げているのか。

気持ちが追いつかない僕を置いてけぼりにして、湯布院は和菓子の包装紙を開ける。案外手際がよかった。テレビの二人羽織では、わざと大げさな演出がされているに違いない。これなら早く済みそう……って、オイ。

手のひらサイズの和菓子を想像していたら、その何倍もデカい。透明なパックに入っていたのは、こぶし大の大福だった。

「なんだよ、これ！」

思わず僕が言うと、湯布院が「ハッサク大福だ」と小声で答えた。首元でしゃべるから、背筋がぞわぞわする。

「仲介屋が懇意《こんい》にしている和菓子屋の季節商品で、一日三個限定だそうだ」

このサイズ、ハッサクを一個まるごと入れたのか。『季節商品』とか『数量限定』にはレア感があるはずなのに、ちっとも嬉《うれ》しくない。

僕の動揺など察しない湯布院は大福を素手で摑《つか》むと、なんら躊躇《ちゅうちょ》もなく僕の鼻先にぶつけた。硬球が当たったみたいな痛さ。一瞬、息ができない。

大福はそのまま肌伝いに滑って、口に行き着いた。痛いとか汚いとか、文句を言う隙《すき》も与えてくれない。僕はやけくそな気分で大福に嚙《か》みついた。

見た目からしてジョーク商品かと思えば、意外にも上品な味だ。

ハッサクのほどよい苦みと白あんの甘さが、口の中でうまく混ざり合う。スイーツ好きはもちろん、そうじゃない人にも薦《すす》めたい大人向けの大福。

しかも口当たりをよくするため、わざわざ一房ごと皮をむいた上で改めて一個の塊《かたまり》に仕上げたらしく、職人の異常なこだわりと繊細な技術が感じられた。

ただ何分、デカい。それに湯布院が無理矢理押し込むから、ほぼ嚙まずに飲み込み続ける。

半分ほど食べたところで、湯布院が大福をローテーブルに置き（パックの上に置くなんて器用なことはできなかった）、コーヒー入りの紙コップに手を伸ばした。

それを見て僕は直感する。

これ、やばいやつだ。

数秒後にはコーヒーを顔面にかぶって、芸人みたいなリアクションを取るはめになるだろう。しかし守るべきは僕の皮膚《ひふ》ではなく、人間国宝の振り袖だ。軽いやけどくらいなら数日で治るけど、コーヒー染みは落ちにくい。

湯布院が掴む紙コップが、宙に向けて勢いよく傾いた。大福のときと同様、配慮のかけらもない動きだ。僕はとっさに手を伸ばして紙コップを受け取り、その場で立ち上がる。本能的に、コーヒーを振り袖から遠ざけようとしたのだ。

コーヒーが数滴、手の甲に飛んだ。

「あっち！」

あやうくこぼしかけたがセーフ！　振り袖にかかってない。

一人分のスペースを失い、振り袖の衿《えり》がふわりと舞う。ソファに座ったままの湯布院が僕を見上げて、不機嫌そうに言った。

「なぜ、手を出した？」

「こぼしそうだったからだ！　振り袖にかかったらどうすんだよ！」

「どうせ、クリーニングに出すつもりだったから、かかってもいいんだ。次は身動きできないように後ろ手に縛るか」

「やらねえよ！　どんなプレイだよ」

するとき湯布院はきょとんとして、

「ぷれい？」

急に無垢《むく》な十五歳の顔で聞き返す。

お前は絶対知っているだろ、と思ったのだが、どうやらそっち関係の知識が本当にないらしかった。有害サイトにアクセスできないよう、彼が使う機器はすべてフィルタリングがかかっているんだそう。

うちは父子家庭だからか、そっち関係については親の理解があった分、同情してしまった。

金があっても得られない自由があるんだなあ。

「もう一回するか？　二人羽織」

年長者として優しい気持ちで聞けば、からかわれていると思ったらしく、「興醒《きょうざ》めした」と言い出した。

湯布院は振り袖姿のまま、タブレットを引き寄せて動画を再生する。音割れした僕の声が響いた。

『なんだよ、これ！』

横暴な十五歳の興味は動画に移ったようだ。笑いを堪《こら》えるように唇をゆがませている。

……ほんと、ラスボスみたいな悪い顔をするよな、こいつ。

手持ちぶさたになった僕は、和菓子の包装紙に印字された店名をチェックした。こんな悪ふざけじゃなくて、普通に食べたかったぐらいにはウマかった。一人で食べるのはつらいサイズだけど、家族とか仲間内で切り分けて食べるならいいかも。

「大福、結構ウマかったよ。湯布院も食べるか？」

「きみの口内細菌を共有したくない」

断るにしても言い方が酷《ひど》すぎる。歯形がないほうを食えよ。っていうか、僕はお前が僕の顔面で潰した大福を食わせられたんだけど！

そのあとも軽く言い合いをしてから、その日は帰った。

僕らはあくまで借金ありきの関係なのだが、歳《とし》の離れた弟がいたらこんな感じかと湯布院に対して思うときがある。気取らない（気取れない？）仲というか。どうなるかと思った借金生活だが、それなりに順応してしまった。

しかしそんな日々は、振り袖が持ち込まれた三日後の木曜日に唐突に終わった。

「……あれ？」

林質屋に着いたが、ドアに鍵がかかっている。腕時計を見ると、二十時。うん、営業時間中だ。店に電話したら、女性の声で「本日の業務は終了いたしました」のアナウンスが流れた。

親の資金力で好き勝手に振る舞っている湯布院が店を閉めている。

こんなこと、出会ってから初めてだった。

2

湯布院が店を開けなかった木曜日から、スマホをチェックする頻度《ひんど》が増えた。

新しい物語に夢中になるあまり、営業するのを忘れたのだろうか？　それなら僕に連絡があってもよかった。ドライバーなり、実験体なり、人手が必要になるはず。

やっぱり気にかかるのは、あの日の振り袖だ。

——ある噂のせいで、業界でも忌み嫌われていた。

――二人の死者を出している。

――四十年以上経った今もトラウマになっている事件。

怖がらずに、ちゃんと聞いておけばよかった。

呪いや祟《たた》りなんて存在しないと思う。しかし、存在するかもしれないとも思い直す。少なくとも、湯布院が店を閉めるだけの何かは起きた。

僕が知っている電話番号は、湯布院個人の番号ではなく、店の番号だ。今時、ホームページもSNSもなく、口コミサイトだけが頼り。

結局、営業時間中に直接出向くことでしか、存在を確認できない。

金曜日はバイト終わりに寄ってみたが、開いていない。

土曜日は開店時間の十八時ちょうどに林質屋に着いた。しかし今日もドアに鍵がかかっている。店先でしばらく待ってみた。

ふと吐いた息は、もう白く濁《にご》らない。

湯布院と出会った十二月は寒かったのになあ。

季節が移ろうぐらい一緒にいたのかと思えば、短かったようで長かった。

その場に座り込んだまま、僕は行き交う車をぼうっと眺めた。

……なんか、ストーカーチックだな。近所の人に通報されたらどうしよう。でもあと五分だけ待ってみたい。

捕まったときの言い訳を考え始めていると、タクシーが店の前に停《と》まった。

湯布院か？　僕はほっとして立ち上がり、タクシーのドアを見つめる。

期待とは裏腹に、女性が長い脚を揃《そろ》えて降りてきた。二十代半ばほどで、くっきりした目鼻立ち。サラサラのロングヘア。ボルドーのチェスターコートと黒のパンツスーツを着こなして、パンプスのヒールは七センチ。

セレブな雰囲気がありながら、バリバリのキャリアウーマンっぽくて、僕から一番縁遠い星に住んでいる美女だった。

そんな彼女の目線の高さは僕と同じぐらい。ヒールを履《は》いているとはいえ、女性でここまでデカい人は初めて出会う。もう一度言おう。初めて出会った。

しかし彼女は僕にこう問いかけた。

「家木伊吹《いえきいぶき》くん？」

なぜ、僕の名前を知っているんだ。ぽかんとする僕に彼女は続ける。

「コーヒーに砂糖を三杯入れる、糖尿《とうにょう》予備軍の家木伊吹くん？」

……こんな情報を美女に漏《も》らすやつは絶対、湯布院だ。

「湯布院の知り合いですか？」

僕が聞くと、今度は彼女が不思議そうに顎《あご》に手を置いた。

「……あの子、そんなふうに名乗ってるの？」

あ、やばい。言っちゃいけないやつだった？

というか、僕の名前を知っていて、でも湯布院のペンネームは知らないなんて、この人は一体……？

「もしかして、あいつのお姉さんですか？」

初対面のとき、湯布院は僕にペンネームを名乗った。そんな男でさえ、ペンネームを明かすことに羞恥心《しゅうちしん》を覚える相手は誰かと考えれば、親族だろう。

僕は自分の推理に満足していたが、彼女は質問には答えない。

「夕飯まだでしょ？　おごるから一緒に食べない？」

ニコリと微笑《ほほえ》み、背後のタクシーを指さす。

有無を言わせない圧のかけ方も、湯布院の親族っぽかった。

湯布院と出会ってから、おかしな事件に遭遇するけど、今日はその中でもトップクラスだ。

回らない寿司《すし》の個室で、初対面の美女と二人きり。

店に来るまでは割り勘を申し出ようと思っていたけど、これは無理だ。

床の間に生け花が飾られたお座敷で、着物姿の仲居が料理を運ぶ。握りは当然のように時価。会計金額が未知数すぎる。しかも湯布院姉（仮）はお品書きも見ずに、「お任せで」と注文していた。

政治家が会食で使いそうな店なのに、なんで今日に限って、僕はダセえ靴下なんだ。妹にプレゼントされた、ハムスター柄。

十貫《かん》ほどの握りの盛り合わせには、肉みたいにサシがのっている大トロや、海苔《のり》を巻かないウニがある。こんなの、漫画でしか見たことない。

食べる順番とか作法とかを気にして手をつけられないでいると、湯布院姉が、先ほどから操作していたスマホを伏せてテーブルに置いた。

「急ぎの案件があったから、ごめんね。先に食べてくれてよかったのに。それとも、握りより温かい物がいい？　天ぷらとか頼む？」

「いや！　もう十分です。結構です！」

一食で僕の一カ月分の食費を超えそうだ。舌のレベルを上げられると、スーパーの半額寿司に喜べなくなってしまう。

焦る僕に湯布院姉は微笑んで、

「遠慮しないで。アタシも食べたいし。ここ、あさりの酒蒸しがおいしいんだよね。肉厚だし、あさりのダシが染みた日本酒を熱燗《あつかん》みたいにキューッとあおるのも好きで。……あれ、家木くんはお酒が飲める年齢だっけ？」

「二十歳《はたち》です」

「口だけじゃあ、信用できないかな。学生証か免許証ある？」

僕が財布から学生証を取り出すと、湯布院姉はネイビーネイルがほどこされた指で受け取った。シルバーのラインが稲妻《いなずま》みたいに走っている。

「あ、この大学知ってる。各方面で話題の人物を客員教授として積極的に招いている学校だよね。著名人も多数輩出して、特集された雑誌を読んだよ。すごいじゃない」

「補欠合格だったんで、僕自身はすごくないです」

謙遜《けんそん》しつつ学生証を受け取ろうとしたが、できなかった。彼女が指に力を入れて放さなかったからだ。

「すごくない大学二年生と中学三年生が仲良くなったきっかけって何？」

にこやかな表情のままだったから怖かった。

……これ、あれだ。お友達チェックだ。

あんた、うちの子に悪い影響を与えてないでしょうね？　ってやつだ。

僕としてはむしろ湯布院に振り回されているのだけれど、彼女の気持ちもわかる。年齢もタイプも違う僕らがどこで知り合ったのか、不思議だろう。

しかしだからといって、「僕が嘘《うそ》をついて金を借りたことがきっかけです」と素直に言ったらどうなるか……。

湯布院姉は気が強そうで、やり手そうだ。下手《へた》な嘘はすぐばれるだろう。

「……あいつは、僕のことをなんて言ってました？」

「小説仲間だって聞いている」

おそらくだが彼女は、質屋の実質的な運営を湯布院が担《にな》っているとは知らない。もし知っていたら、「中学生相手に借金した家木伊吹くん？」と嫌味っぽく聞いてきたはずだから。

「えっと……、去年のクリスマス前に生活費が足りなくて、質草を持ち込んだ先が林質屋でした。そのとき、店で留守番している湯布院と意気投合したんです」

よし！　うまく取り繕《つくろ》えた！

僕は心の中でガッツポーズを取るが、湯布院姉が眉をひそめて疑わしそうに言った。

「あの子と意気投合できる人間がいるの？」

……そうか。僕を怪しんでいるんじゃなく、湯布院に友達ができるわけがないと思っているのか。ごもっともな意見だっただけに、僕は考え込んでしまった。

あいつは王様気質だし、変に大人びている割に下ネタは通じないし、本人も「友達はいない」と言っていた。

僕だって、借金というきっかけがなければ、付き合うことがなかっただろう。

「湯布院は変わっているから、僕の普通な意見が逆に貴重らしいんです。僕は湯布院の変なところが目新しいというか……」

たどたどしいながら説明すると一応納得してくれたらしく、学生証を返してくれた。

「じゃあ家木くんは、小説仲間でもあり、甘党仲間でもあるのね」

「甘党ですか？　あいつ」

前回、大福を勧めたら食わなかった。

「蜂蜜《はちみつ》入りじゃないとコーヒーを飲まないでしょ？」

湯布院姉が、まるで周知のことみたいに言う。

え、あいつが今まで僕が淹《い》れたコーヒーを飲まなかったのって、そんな可愛《かわい》い理由？

嫌がらせかと思っていた。

僕が黙ったままでいたから、湯布院姉は失言をしたと気付いたらしい。

「練習の甲斐《かい》あって、ブラックで飲めるようになった?」

「いや、全然飲めないです」

ブラックで飲む練習って子どもかよ、と思ったけど、湯布院は子どもだった。多分、湯布院姉も同じことを考えたんだろう。目が合うと、二人して笑ってしまった。

張り詰めていた空気が少し緩んだ気がする。

「……あの、僕も質問していいですか?」

「どうぞ」

「お姉さんは、湯布院とはどういうご関係で?」

「いとこ。林質屋で税理士もしてる」

湯布院の口から今まで何人かの関係者が語られてきたが、ようやく本人が登場した。

世話焼きな建築士、料理上手《じょうず》な家政婦、現金管理にうるさい税理士。

「実は女子高生とかですか?」

傍若無人《ぼうじゃくぶじん》な中三の例があるので、その縁者なら、第二例もありそうだ。でもおざなりなお世辞だと思ったらしく、彼女は露骨にむっとして、

「二十六。若く見積もれば女は喜ぶと思ったら、大間違いだから」

「そうじゃないです。湯布院は実年齢と外見が伴《ともな》ってないので」

「見た目通りの年齢で、ごめんなさい。名前は白樺文《しらかばふみ》です。文でいいよ。シロバカって言ったら、蹴《け》る」

攻撃力の高そうなヒールを思い出した。

「そんな小学生みたいな悪口は、いい歳して言いませんよ」

「いる。四十になろうが五十になろうが六十になろうが、孫娘ぐらいの歳の女をバカにする男はいる」

実感がこもっていた。さすがに初対面の女性を名前で呼ぶのはためらいがあったが、

「白……」と言いかけたら睨《にら》まれたので、言い直す。

「文さん。僕を食事に誘ったのは、湯布院に言われたからですか？」

ようやく、文さんについてきた一番の動機を聞けた。美女とのタダ飯目的ではない。

「それもあるけど、単純に興味があったから。あの子が伝言を頼む相手がどんな人物か、気になって」

「なんです？　伝言って」

僕の電話番号を湯布院は知っている。それなのにあえて人づてに伝えたい内容は、一体なんだ？

文さんはハンドバッグから二つ折りのメモ用紙を取り出し、読み上げた。

「『しばらくは店に行けない。きみも来なくていい。むしろ来るな』」

「……それだけですか？」

「見る？」

もらったメモは、一筆書きっぽい文字がいくつも綴《つづ》られている。

「これは……速記ですか？　湯布院の言葉を文さんが書いた？」

「ううん。あの子が書くのはいつもこれ。表を見るのが手間で、アタシはもう覚えちゃったけど、普通は見慣れないよね。喉《のど》が潰れて声が出ないみたいよ」

だから、電話に出なかったのか……。

「風邪ですか？」

「わからない。部屋にこもりきりで、誰も部屋に入れようとしない。このメモもドアの下から受け取った。往診も拒否してる。ただの体調不良とは思えない。ねえ、家木くんは何か、思い当たることない？　あの子が引きこもった原因。たとえば、変な物を食べたとか」

「それはないですけど……でも」

「でも？」

聞き返されたが、僕は口ごもる。

だって、どんな顔で言えばいい？

「曰く付きの振り袖で二人羽織をしました。そのせいで祟られたんですかね?」

なんて。

それにもし二人羽織の影響だったら、僕も寝込んでいるはずだ。僕が健康なことこそ、呪いが存在しない証拠である。やわなボンボンの湯布院は、冬から春に向かう寒暖差の影響で倒れたのだ。そのほうがよっぽど理に適《かな》っている。

──『着たら死ぬ』という理屈は成立しない。

湯布院だって、そう言っていた。でもどうしても気になる。

二人羽織を提案したのは湯布院だ。

呪いの主は協力者より、主犯を恨むだろう。

「今、何か思いついたよね?」

ある種の確信を持って、文さんが僕を見つめてくる。切れ長の瞳は目力《めぢから》が強い。

蛇《へび》に睨まれた蛙《かえる》。あるいは、熟練刑事と自白寸前の容疑者。

「……祟りって信じます?」

いっそ、笑ってもらうつもりで僕は言った。しかしあの湯布院のいとこである文さんは、突拍子のない会話に慣れていたようだ。

「内容によるかな。話してみて」

重要案件の相談を受けたみたいな口ぶりだったから、話す勇気が出た。

文さんは聞き上手だったが、察しが悪い湯布院相手のときとはまた別の理由で話がうまく弾まない。彼女の顔を見るたび、毎秒驚いてしまう。めっちゃ、顔きれい。こんな美女が僕の話を真剣に聞いている。……男二人で二人羽織した話なのに。何度も言葉がつっかえてしまった原因は、話の内容がアホらしかったせいと、美女に免疫《めんえき》がなかったせいだ。

経緯を語る上で、湯布院が思い出を査定する質屋をしていることを言った途端、文さんの目が据わる。

「ああ、だから使途不明金が増えていたんだ」

……悪い、湯布院。お前の犠牲は無駄にしない。

「もう面倒臭いから、アタシもペンネームで呼ぶね。そっちのほうが家木くんもわかりやすいだろうし」

そう前置きしてから、文さんは「慧《けい》が」と言った。

名字じゃなく、名前を選ぶあたり、二人の関係性が垣間見える。

「自分で選んで曰く付きの振り袖を着たなら、家木くんが罪悪感を持つ必要はないよ」

責められるとは思っていなかったが、でもこんなにもあっけなく許されるとも思ってなかった。

「ですが」

「慧が寝込むことは昔からよくあった。最近は落ち着いたけど、小児喘息《しょうにぜんそく》でね。合理的な判断ができる子だから、本当に酷かったら病院に行くだろうし。……ほら、食べよう。寿司ネタが乾いちゃってる」

文さんは箸《はし》を取った。僕が膝《ひざ》に手を置いたままなのを見て、励《はげ》ますように続ける。

「祟りなんてないよ。慧が何もしてないのがその証拠。お祓《はら》い取材するチャンスをあの子が見逃すわけない」

そう言われてしまうと、弱い。

自ら火種に飛び込みたがる男がじっとしているんだから、本当に病気なんだろう。

僕も箸を取ろうとして、ふと気付いた。

「実験だ……」

そうだ。誰よりもストーリー性に惹《ひ》かれる男が何もしていないことこそ、おかしい。

祟られている状況を体験取材だと考えているとしたら？

僕は自分の思いつきを一気にまくしたてた。

「医者に見せたら、悪いところが発覚するから病院に行きたがらないんです。祟りの影響かもしれないと思い込める間は、治そうとしない。今あいつは、自分の体を使って祟りの取材をしているんですよ」

　すると文さんは額《ひたい》に手を当て、溜め息交じりにつぶやいた。

「……ありえるかも」

「振り袖に関する噂には信憑性《しんぴょう》がないんだと突きつけてやれば、すぐ治ります」

　言いながら、少しワクワクしていた。

　湯布院の企《たくら》みを僕が覆《くつがえ》す。なんて甘美な響きだろう！

　質屋と借主、あるいは横柄な王様と小間使いの関係じゃなく、初めて対等の土俵《どひょう》に立った気がする。

「でも家木くんは、その噂を知らないんでしょう？」

　うん、その課題があった。

「……できれば、文さんが直接聞き出してくれたら一番てっとり早いんですけど、それが無理だったら、振り袖を持ち込んだ仲介屋を捜すつもりです」

　湯布院の家を教えてもらって、自分で聞こうとは思わなかった。湯布院の両親と顔を合わせるのが気まずいからだ。「こんばんは、お宅の息子さんに借金している者です」とは言えない。

　それになんていうか、一方的な通告をしてきた湯布院に少し腹が立っていた。今まで散々僕を振り回したんだ。声が出ないにしても自分で言えよ。せめて他人を使うなよ。こっちから会いに行くのでは、筋が通らない。

「あてはあるの？」

「名前は知りませんが、顔を覚えてます。あと、仲介屋が手土産を買った店の名前も」

「わかった。一応、慧に聞いてみるけど、期待はしないでね」

そう言ってからふと、文さんが僕に微笑みかけた。

「慧と、本当に仲がいいんだね」

「……電話番号も知らないですけど」

「そういう表面上の繋《つな》がりじゃなくてさ。家木くんはあの子のこと、よく知ってくれてる」

美女に優しく見つめられている状況なのに、残念ながら、湯布院の面影がちらつく。外見よりもしぐさが似ているのだ。

僕の話を聞くときの顔の角度とか、作り笑いのときは唇が先に動くとか。でも素で笑うときは、眉間《みけん》に皺《しわ》を寄せるから、一瞬泣き出しそうに見える。

一族みんな、こんな顔で笑うのかな？　答え合わせできないことをつい考えてしまう。

連絡先を交換したあと、文さんと別れた。

食べそびれた寿司は包んでもらったが、寮のハイエナどもに奪われた。というか、寿司争奪相撲《すもう》大会の景品にされ、すきっ腹だった僕は負けた。残ったガリをチャーハンにするとめちゃくちゃウマくて、寿司への未練が余計増した。

文さんからメッセージが届いたのは、日付が変わる直前。

ハムスターが『ごめんなさい』と言っているイラストスタンプが一個。

駄目元だったのでがっかりはしなかった。それより、スタンプが気になる。ハイブランドを着こなす彼女の新たな一面にドキドキした。

『ハムスター好きなんですか？』

と、返したら、

『家木くんが好きかと思って』

と、返ってきた。そういえば、僕の靴下の柄がハムスター柄だった。

やっぱり文さんは可愛い人じゃなくて、目敏《めざと》い人だ。このリサーチ力で、仕事がめっちゃできそう。彼女の信頼を勝ち取るために僕も自分の仕事をしよう。

作戦はずばり、仲介屋を捜し出して、直接話を聞く。

3

仲介屋に関するヒントは少ない。

まず、ハッサク大福の和菓子屋を調べた。朝九時から営業しているそうなので、塾でのバイト前に出向く。

そこは昔ながらのこぢんまりした和菓子屋だった。年代物の白いのれんが風に吹かれて揺れている。僕の前で親子連れが笑顔でハッサク大福を買っていった。あれ、人気商品だったのか……。

割烹着《かっぽうぎ》姿で腰の曲がったおばあちゃんが、木製のショーケースの上に手を添えて「はい、お次は?」と慣れたように聞く。

「えっと……」

いざ順番が来たら、緊張した。

僕は嘘をついて湯布院に金を借りたことをずっと後悔しているから、できれば嘘はつきたくなかった。嘘は誰かを傷つける。でも自分のための嘘じゃなく、引きこもった十五歳を連れ出すための嘘ならば、少しくらいは許されると思いたい。

「……先日もらったハッサク大福がウマかったんです。あの、わかるでしょうか？　こんな人なんですけど」

小太りでえびす顔だった仲介屋の特徴を思い浮かべ、僕は笑いながら指で目尻をななめ下に引っ張る。するとおばあちゃんもつられたように笑って、大きくうなずいた。

「青山《あおやま》さんでしょ？」

「そ、そうです！　……今日はお礼もかねて挨拶《あいさつ》に来たんですが、家を忘れてしまって」

知りませんか？　と言いながら、無理がある設定かなと思う。でもおばあちゃんは疑うことなく、「それならね」と地図を書いてくれた。

せめてものお礼に和菓子を買おうとしたら、

「青山さんはうちの物なんて食べ慣れてるから、手土産にするならケーキのほうがいいよ」

と、今度は洋菓子店を勧めてくる。

結果的には大きな嘘をつかなかったけど、それ以上の悪事を働いたような罪悪感があった。僕はこういうこと、向いてない。

和菓子屋から徒歩十分。青山さんの家は、古いながらも趣《おもむき》がある二階建ての一軒家だ。しっくい塗りの壁に瓦《かわら》屋根。チャイムを押すが、返事はない。家全体がシンと静まりかえっている。日曜だから、出かけているかもしれない。

文さんに『仲介屋らしき人物の家を見つけました。夜に出直します』とメッセージを送るとすぐに返信があった。

『一緒に行く』

びっくりした。だってまだ、仲介屋本人か確認してない。

『来てくれたら僕は心強いですけど、行っても留守かもしれないですよ』

僕がそう返すと、またすぐに返信が届く。

『御託はいいから、住所と待ち合わせ時間だけ教えて』

この気っ風《きっぷ》のよさは姉御《あねご》というより、ボスって感じだ。ちょっと怖いが頼りになる。下っ端気質の僕は言われた通り、返信した。

二十時に最寄り駅で待ち合わせすると、文さんが改札口から出てきた。

「電車使うんですか?」

セレブはタクシー移動が原則だと思っていたので驚いて聞くと、文さんはあきれ顔で答えた。

「電車のほうが時間を読みやすいから、普通に使うよ。行こう」

日曜日だけど、文さんは今日もパンツスーツ姿だ。ランウェイを歩くモデルみたいに格好いい。僕もテーラードジャケットぐらい着てくればよかったな。今日もいつものダウンジャケットだ。

青山さんの家に着くと窓から室内の灯《あか》りが漏れている。在宅してるっぽい。

僕がチャイムを押そうとしたら、「ちょっと待って」と文さんに止められた。スマホを操作し、チェスターコートの胸ポケットにしまう。

「仕事ですか?」

「ううん。マナーモードにしただけ」

あ、確かにそれは大切だ。僕もスマホを取り出し、念には念を入れて電源を切ってから、チャイムを押す。ひび割れた高音が響いた。

ほどなくして、引き戸の磨《す》りガラスに人影が映る。

さて緊張の一瞬だ。出てくるのは仲介屋か否《いな》か、結果はいかに?

「……新聞なら、取らんで」

顔を出したじいさんが、僕らを見て言った。晩酌《ばんしゃく》中だったようで、酒のにおいがプンプンし、鼻頭《はながしら》が赤く染まっていた。

質屋で見かけたときの粋な姿とは印象が違うが、同一人物だ。

「勧誘じゃなくて、振り袖の件です」

引き戸が閉まる前に焦って僕が言うと、しぶしぶ家に入れてくれた。

住んでいるのは青山さんだけらしい。一部の蛍光灯が切れているせいで、部屋全体が薄暗い。弁当の空き箱や酒瓶《さかびん》、ゴミ袋が床に積まれている。生活の拠点はリビングだけのようで、ソファには丸まった毛布がかかり、その上に青山さんが座った。

立派な門構えからは想像できないほど、荒れた暮らしぶりだ。青山さんが座るソファ以外に居場所がなく、僕はカーペットに座った。

品定めするように青山さんがまじまじと僕らを見て、

「双方納得済みの案件だった。今更、家まで押しかけられてもね」

と、僕を飛び越えて、立ったままの文さんに向かって言った。どっちが上の立場の人間か、瞬時に判断したんだろう。しかし文さんは穏やかな笑みを浮かべたまま、黙っている。まずは僕の交渉を見守るつもりらしい。

大役を拝命した僕が深呼吸すると、酒と生ゴミの臭気が鼻につく。あまり長居したくないが、部屋が汚い友達の顔を思い出して、緊張がほぐれた。

「僕らはただ、振り袖についての噂を聞きたいだけなんです。……取引のあと、体調を崩した人間がいます。彼以外、どんな逸話があるか知りません」

すると青山さんは鼻で笑った。

「振り袖の祟りだとでも？」

「それはないと思っています。ただ感化されやすい性格だから、怖い話を聞いたせいかと」

「ワシにも契約上の守秘義務があるからなあ……」

もったいぶるように答えながら、湯のみに紙パックの日本酒を注いだ。

「でも、一度は話したんですよね？」

「取引に必要だったからね。そういう契約だった。しかし終わった契約について、依頼人のプライバシーを簡単にしゃべったら、信用問題に関わる」

言っていること自体は筋が通っていた。

ただ、青山さんが繰り返し『契約』という単語を使っているのは、新たな取引を誘うためだろう。

終わった契約では話せないが、新たな契約ならば話せる。しかも、その選択肢《し》を匂わせながら、自分からは持ちかけない。腹黒い狸《たぬき》じいさんだ。

悔しいが、この話に乗るしか方法がないのだろうか？　でも、他人の弱みにつけ込むような人物を信用できる？

僕が黙り込むと、今度は文さんが名刺を持って前に出た。

「ご挨拶が遅れました。ワタクシ、林質屋で税理士をしております。このたび、使途不明金について調査したところ、社員が一部業務を勝手に外部委託……いえ。はっきり言ってしまえば、子どもに店番をさせたと判明しました。つまり、青山様が契約した相手は中学生です」

この事実にはさすがの青山さんも驚いたらしく、糸目をわずかに見開いた。

「社員は社の規定に従い処罰されますが、悩ましいのが中学生のほうで……。何せ、額が額です。彼の未来のためにはあえて、司法の裁きを受けたほうがいいかと。少年事件には明るくないのですが、不当な取引により、店やお客様に損失を与えたことは、窃盗《せっとう》か、詐《さ》欺《ぎ》にあたるのでしょうか」

そう言いながら、文さんは中学生に同情するように眉をひそめた。

「ただこちらとしては、お客様が本当に中学生と見抜けなかったのか、どうしても疑問視したくなるんです。青山様との取引額はずば抜けて高額でした。七桁《けた》ですよ？」

七桁って……、ウン百万ってこと？　そんな振り袖にコーヒーをこぼすところだったのか！　今更ながら湯布院の金銭感覚にゾッとする。

それにもちろん、文さんの豹変《ひょうへん》っぷりも怖かった。老獪《ろうかい》なじいさんに負けていない。僕が寿司屋の個室で受けたプレッシャーはごく軽いジャブだったのだ。

「価値ある品物を用意したのが、たまたまワシだけだったんだろう」

「おっしゃる通りかもしれません。お品物は拝見しましたが適切な査定額です。ただ、そう思わない人もいると思うんです。たとえば、……青山様のお名前が報道された場合です。質屋ごっこする中学生に審美眼があったと考える人間がどれほどいるでしょう?」

するとと太鼓腹《たいこばら》を揺すって、青山さんは大声で笑った。

「中坊相手に金を騙《だま》し取ったなんて風評被害にワシが怯《ひる》むとでも」

「いえ、青山様ご自身は平気でしょうね。……ですが」

文さんはふと、青山さんの背後のキャビネットに目をやった。家族写真が飾ってある。中学校の入学式の写真らしく、制服姿の女の子と青山さんが校門前に並んでいる。

「お孫さんですか?　楽しい学校生活を過ごせるといいですね」

穏やかな口調ながら、『孫がいじめられるのが嫌なら手を貸せ』と言っている。

ブラフとわかっている僕でさえ、ちょっとびびる。さすが、あの湯布院でさえ恐れる女性。

青山さんの顔から笑みが消え、湯のみを摑んだ。僕はとっさに腰を浮かす。中身を文さんにかけるかと思った。でも青山さんは手の中で湯のみを転がしながら、

「あれは孫じゃなくて、娘。しかもとっくに卒業して、今年成人式だった。離婚した嫁と

出ていったから、今は何をしてるか知らんがね」

それを聞いて、僕は思わずポロッと言った。

「うちと一緒だ」

しかもちょっと嬉しそうに言ってしまった。

あまりの空気の読めなさに、二人の視線がこっちに向いた。

「あ、すみません。よく考えたら一緒じゃなかったです。うちはその、……母だけでしたから」

言い訳したつもりだったんだけど、さらに疑問を深めたみたいだ。青山さんが先をうながすように僕を見ている。

困った。

自分の家庭事情を他人に話すのは難しい。

「……家出癖があったらしくて、帰らなくなる期間がどんどん長くなりました。数日だったのが、一週間、そして半年になって。特に妹ができてからは酷かったです。産後すぐは家に居着きそうですけど、うちはそうじゃなくて。最後に見たのは、十五年前です」

小学校時代は「なんでお母さんいないの?」とあけすけに聞かれたことがあった。でもそれは僕のほうが聞きたかった。離婚や死別と違って、原因がわからない。

まるでコンビニに行くぐらいの気軽さで出ていった。

「生き別れた親子がＳＮＳで再会した話を聞いて、僕も中一のとき調べてみたんです。祖母が母の写真を全部燃やしたから顔を覚えてないけど、見たらわかるかな、家族ってそういう奇跡があるんじゃないかと思ったんですけど、それもなくて。……でも青山さんは顔も名前もわかってますよね。娘さんが成人式に参加してたら、その写真をどっかに載せているかも」

僕は意識的に青山さんだけを見つめた。文さんがどんな顔で聞いているのか、知るのが怖かったからだ。

正直に言えば、湯布院相手に話すほうがマシだった。あいつは話のネタとして根掘り葉掘り聞きたがるだろうが、慰めの言葉をかけなさそうだ。

文さんは怖いときもあるけど、いとこ思いの優しい人だ。でも優しい人の優しい言葉にこそ、心がえぐられるときがある。

僕の生い立ちはただの事実で、とっくに過去のことだ。不幸だと思ってないから、同情されたくない。

「よかったら捜し方を教えます。僕にはこれぐらいしかできないです。すみません」

僕が頭を下げると、青山さんはソファから立ち上がった。

機嫌を損ねたのかと思ったら、台所から湯のみを二つ持って戻り、テーブルに並べた。さっきまで一人で飲んでいた紙パックの日本酒を注ぐ。

「……これか、水道水しかなくて悪いね」

「いえ、いただきます」

あれだけやり合っていたのに、文さんはニッコリして受け取った。

どういう展開？　戸惑う僕に、青山さんがおつまみのスルメや貝柱を放る。

「適当につまめ。兄ちゃんは若いから食うだろ」

どうやらこれが青山さんなりのおもてなしらしい。家に入ってから十数分経過していたが、やっと客人として認められた。

老獪なじいさんでも娘には会いたい？　いじらしい親心を利用するみたいで申し訳ない。でも罪悪感より、ほっとする気持ちが勝る。

これで引きこもった湯布院を連れ出せるかもしれないし、そして何より、生き別れた子どもに自分から会いたがる親がいると知ることができて嬉しかった。

僕が酒に口をつけたのを満足そうに眺め、

「話してもいいが、楽しくない話だ」

と、前置きし、青山さんは話し始めた。

本家という肩書きが幅をきかせる旧態依然とした片田舎《いなか》。土地を牛耳《ぎゅうじ》る地主の家にその姉妹は生まれた。

二歳離れた二人は双子のようにそっくりな愛らしい見た目だが、中身は正反対。

勤勉で無愛想な姉。赤点ばかりだが愛嬌《あいきょう》はある妹。

喧嘩《けんか》することはあっても仲睦《むつ》まじい姉妹の運命は、一人の男と出会ったことで変わった。

その男こそ、当時短大一年生だった姉の見合い相手だ。姉より八歳上の社会人。医療機器メーカーに勤め、真面目で誠実な人柄。しかも婿《むこ》入りするという好条件。

月に一度、婚約者の出張に合わせてデートする。

まるで、ままごとのような恋だった。

目を合わせただけで恥じらって、並んで歩く二人の間には二十センチの距離がある。敬語が取れない他人行儀なデートでも、田舎育ちの姉にとって、都会で働く男の話はいつも目新しい。

しかしあるときから、二人の間に妹が入り込んだ。持ち前の愛嬌で、男の心をやすやすと奪い取ったのだ。

もちろん、姉妹の両親は妹を怒り、男の不実を罵《ののし》った。でもこれをかばったのは姉だった。妹の愛らしさと男の優しさを褒め、似合いの二人だと言い、その献身的な態度に両親もほだされた。もともと姉の大学卒業を待って結婚する予定だったので、花嫁衣装を含めたすべての準備が進んでいる。

花嫁だけが入れ替わった結婚に周囲の人々は戸惑いを感じたが、表だって口にすることはなかった。しかしそれは当人の前だけの話で、井戸端会議は下世話に盛り上がる。

——可愛げない姉じゃあ、嫌われて当然。

——男が悪いよ。姉をたぶらかした上、妹まで毒牙にかけて。

——いやいや。妹が一番酷い。あの子の男遊びのせいで何人も別れたんだから。

特に姉は同情にも似た好奇の目に晒《さら》され、つらい日々だった。家の外にも中にも居場所がない。

姉は、家計がとっくに傾いていると知っていた。しかし豪奢《ごうしゃ》な暮らしを覚えている両親は、見栄《みえ》を捨てられない。娘たちに優美な花嫁衣装を着せることを義務だと思っているし、生き甲斐だ。そんな親心を知っている姉だからこそ、羞恥に耐えて二人を祝った。

自分のために仕立てられた打ち掛けを着て、妹が自分の婚約者と結婚する。

そんな状況でさえ、姉は誰にも泣き言を漏らさないまま、挙式前日を迎えた。

立春を過ぎてもまだ寒さが残った、三月。

昼間、婚約者が姉妹の家に挨拶に出向いた。廊下で会釈されたから、姉は会釈を返した。

「……何か、ないんですか？」

婚約者が姉に問いかけた。姉は目を伏せたまま静かに答える。

「ご結婚おめでとうございます。妹をお願いいたします」

すると婚約者はまるで自分が振られたような顔で姉を見たが、それに姉は気付かない。

「すっごい、きれい！」

ふいに妹の声が響いた。姉がふすまを開けると、明日の挙式で姉が着る振り袖を勝手に広げていた。

見つかった妹は悪びれることなく、屈託のない笑顔で姉に言う。

「姉ちゃん、このお着物ちょうだい。いいでしょ？」

いつものワガママが始まったと思い、姉は親切に説明した。

「振り袖は未婚女性が着るものよ。あなたは明日、打ち掛けを着て結婚するの。その振り袖は私のよ」

「仕立て直せばいいじゃない。もともと私のためにあつらえた振り袖よ。式では姉ちゃんに貸してあげるけど、このお色は姉ちゃんには似合わないでしょう？」

ついさっき、「ちょうだい」とねだったかと思ったら、もう「貸してあげる」になっている。昔からこうだ。妹は自分の意見が通るまで、ずっとダダをこねる。

振り袖をそっと自分の体に押し当て、妹が微笑んだ。

「ほら、色黒な姉ちゃんより色白な私のほうが似合う」

姉の顔がサッと青ざめた。姉の肌が日に焼けているのは、妹が家事も庭仕事も手伝わないせいだ。思わず手を振り上げたが、寸前で思い留まった。

実際には当たらなかったのに、妹は姉の手を凝視する。そして、火がついたように泣き出した。

「ぶった！　姉ちゃんがぶった！」

振り袖を握りしめたまま、大声でわめきながら廊下に出て、明日の打ち合わせに来ていた親戚に報告して回った。

「姉ちゃんがぶった！　振り袖を褒めただけなのに！」

それを聞いて、みんなが同じ想像をした。

婚約者を取られた恨みがついに爆発した、と。

姉は一部始終を見ていたはずの婚約者に助けを求めた。しかし彼は、姉をかばわなかった。ただ黙って妹を抱き寄せ、慰める。

かしこい姉には男の打算が見えた。

妹を選んだ彼は、ただでさえ嫌われ者だ。この上、未来の妻の信頼まで失えない。こうして姉は慎ましい女から、嫉妬《しっと》にくるう女へと落とされたのだ。

人の噂も七十五日と言うけれど、横の繫がりが根強い田舎ではそうじゃない。汚名は生涯《しょうがい》ついて回ると知る姉の絶望は計り知れない。

真の被害者は姉だと、誰もが知っている。でも誰一人として、姉の心に寄り添おうとはしなかった。昔から感情を表に出さないせいで、心のない冷たい女だと思われていたからだ。

挙式の朝は、雪が積もった。

いつものように寝坊する妹を母が起こしに行くと、寝相が悪い妹にしては布団が乱れていない。頭から爪先まで隠れている。

母はそっと名前を呼んだ。しかし反応はなかったので掛け布団をめくる。よく眠っていたんだと思った。それぐらい安らかな顔だったから。でも白い首筋に残る指の跡を見つけ、ぎょっとした。肩を揺すっても反応がなく、息をしていない。

母の悲鳴を聞いて父が飛び起きた。医者や警察に電話をかけてから、姉の姿がないことに気付いた。

混乱した母は、妄想《もうそう》をわめき出した。恐ろしい暴漢が夜中に忍び込んで妹を殺し、姉をさらったのだ、と。

やがて何も知らない婚約者や親族が現れ、錯乱《さくらん》状態の母を見て驚いた。半信半疑ながら姉の捜索が始まってすぐ、一人の子どもが声を上げる。

「あれ、なあに？」

庭はすっかり雪化粧されていたので、それまで誰も気付かなかった。

姉は松の木に首を吊っていたのだ。

「深夜眠っていた妹を絞殺《こうさつ》したあと、自分を罰するように姉が自殺した」

話しながら、青山さんは酒を飲み続けた。日本酒から、芋焼酎《いもじょうちゅう》、そして泡盛《あわもり》へ。アルコール度数の高い酒へと変えていく。青山さんが深酒しないように気を配っていたけれど、話が佳境《かきょう》に入った頃には、飲むことで弾みをつけているんだとわかった。

雪化粧された庭には、足跡がなかったそうだ。雪が降る前に首を吊ったのだろう。

寒々しくも痛ましい景色が頭に浮かぶ。

聞いているだけの僕でさえ、重苦しい気持ちになってくる。しかし、文さんの着眼点は違った。

「まるで、見てきたみたいに言いますね？」

当時の僕は、彼女が抱いた疑問の意味に気付かなかったが、こうして書き出したことでやっとわかった。

今回、時系列や状況をまとめ直したとはいえ、青山さんの語り口は、複数の人間の視点が描かれる三人称小説的だ。

事件の概要は当時の新聞で知ることができても、姉と婚約者のデート内容や振り袖を巡る姉妹喧嘩など、その場にいなかった人間には知りえない情報も多い。

青山さんは湯のみをグッとあおり、重い息を吐き出す。

「見たんだ、全部」

「……もしかして青山さんは」

言いかけた途中で、僕は口をつぐんだ。

姉ではなく妹を選んだ婚約者なんですか？　とは、聞けなかった。

間接的に二人の死に関わった男。

酔って目をしょぼつかせるじいさんが、姉妹を手玉に取った悪人には見えない。

青山さんは否定も肯定もせず、

「振り袖の依頼人は、姉の遺体を見つけた坊主だ。買い手がなかったらお焚《た》き上《あ》げすると言うから、買い取ってくれそうな物好きを必死で探した。……ワシが言えた義理じゃないが、彼女らがまた死んでしまうようで、耐えられなかった」

「あなたが買い取る気にはならなかったんですか？」

やけに冷ややかな声で文さんが聞いた。亡くなった姉妹と年齢が近い分、感情移入したのかもしれない。

「こんな老いぼれと一緒に埋もれさせてどうする？」

青山さんはクッと笑って、ゴミまみれの部屋を見た。

「聡明《そうめい》な女性だった。結婚すれば、良妻賢母になっただろう。それが恐ろしかった。……ワシの底の浅さを見透かされる日が必ず来る」

僕は美人姉妹に好かれた経験はないけれど、それでも青山さんの葛藤《かっとう》が少しだけ理解できた。

たとえば僕は、文さんに惹かれ始めている。悲しいかな、きれいで優しい女性を好きになってしまうのは、モテナイ男の性《さが》なのだ。

でもいざ付き合えたとして、彼女のようなハイスペックな女性と一緒にいたら、常にコンプレックスに苛《さいな》まれると思う。

好きでいてくれるのは本当の僕じゃなく、嘘と見栄で塗り固めたハリボテの僕なんじゃないか。

だからといって、青山さんが姉を裏切って妹に走っていいことにはならないが、今更それを責めようとは思わなかった。

青山さんは今も、苦しみの最中にいる。

「……娘さんを捜す方法を教えますね。青山さんはガラケーですか？　スマホですか？」

僕が聞くと、青山さんは大げさに手を横に振った。

「兄ちゃんに言われんでも、それぐらい知ってる」

「じゃあどうして……」

話してくれたんですか？　と聞こうとしたが、すでにいびきを立てている。

会話中に座ったまま寝るなんて、酔っ払いだなあ……。

青山さんをそっとソファに横たえさせ、毛布をかけた。僕がそうしている間に、文さんは台所で湯のみを洗っている。水を使う音が聞こえたせいか、青山さんがふと目を開け、僕の手首を摑んだ。

酒焼けしてかすれた声は、僕にしか届かない。

「本当に見つからなかったか？」

なんのことかと考えたあと、気付いた。

僕が母親をSNSで捜したときのことを聞いているのだ。

「……青山さんの娘さんは見つかりますよ」

質問には答えないまま、僕は青山さんの手をそっと外し、毛布の下へと入れる。眠気に襲われたのか、青山さんは再び目を閉じた。

先ほど握られた手首が妙に熱い。

青山さんに話した僕の話は嘘じゃない。だが、真実でもない。

僕が捜したとき、本当はそれらしい人物を見つけた。母親名義のアカウントじゃなく、歯科医の四十五歳男性のアカウントで。河原でバーベキューする二人の傍《かたわ》らには、彼らの五歳の息子がいる。

ショックだった。だから、他人のそら似だと思い込もうとした。

中一の僕がくだした結論は、『顔を覚えていないから、見つけられなかった』だ。

そのほうが、捨てられたと気付くよりマシだったから。

「青山さん、本格的に寝ちゃった?」

文さんに聞かれ、ハッと我に返った。

「起きとる」

と、青山さんが寝言みたいな声で言う。

青山さんの手の届く距離に水や二日酔い止めのサプリ（酒豪《しゅごう》の文さんはバッグに常備しているらしい）を配置してから、家を出た。

冷たい風に吹かれると、アルコールでもやがかかった頭がどんどんクリアになる。

「……祟りって、あるかもしれないですね」

振り袖にまつわる噂の嘘を暴こうとしたが、完全に失敗だ。事件の当事者による証言があるから、信憑性は高そう。

二人の女性が着られなかった振り袖で僕らは二人羽織をしたのだから、祟られても自業自得な気がする。

「次はどうする？」

なぜか文さんは楽しそうに聞いてくる。実は三人の中で一番、酒を飲んでいたから、ちょっと酔っているのかもしれない。

僕は少し迷ったが、

「お祓いしましょう。詳しそうな知り合いがいます。モテなさすぎて、先祖の祟りじゃないかと疑った友人がいまして、去年の夏に邪気払いの旅をしたんです」

「……それは、友人という名の自分の体験談ではなく？」

若干《じゃっかん》引き気味に文さんが言うから、慌《あわ》てて否定した。

「違います！　本当に友人です。今から電話しますから！」

スマホの電源を入れ、電話をかけた。一人芝居だと疑われないよう、スピーカー設定にする。合コンメンバーを用意する約束から逃げ回っていたので、実は頼りたくなかった相手だが仕方ない。

五回目のコールのあと、モテナイ友人こと学生寮仲間の石黒《いしぐろ》が出た。

「何？」

「もしもし？　知り合いが祟られたっぽいから、いいお祓い方法を教えてほしいんだけど」

「……祟りって、お前。オススメランチでも聞くみたいな軽いテンションで言うなよ。そもそも、合コンの約束がまだだろ」

やっぱり言われた。文さんの前でそんなこと言うなよ！

僕は文さんの反応を見るのが怖かったが、大人な彼女はノーリアクション。自分のスマホを取り出して何か操作してから、僕のスマホに向かって言った。

「年齢はいくつまで平気？　アタシが用意できるメンバーは基本、社会人しかいないけど」

え、文さんと合コンができる？

驚いていると、石黒が勝手に話し出す。

「いくつでもいいです！　年上のお姉さん大好き！　甘やかされたいです！」

「うーん。仕事で疲れてるから、甘えたいお姉さんばっかりだよ」

「それもサイコーです！　甘えてください」

「いい返事だね。しばらく立て込んでいるから、少し先になってもいいかな？　三月末ぐらい。お花見でもどう？」

「もちろん、行きたいです！」

「詳しい日程はまたあとでね」

「はあい！」

……石黒よ。こんなに楽しそうなお前の声を聞いたのは初めてだよ。

「めっちゃ声がきれいだった！　絶対美人！」

興奮しまくる石黒は上機嫌でお祓い講義をした。

心霊番組などで除霊する霊能力者を見る機会があるから、神主や住職ならば誰でもできるのかと思っていたが、そうじゃないらしい。

お祓いは心身を清めるもので、神社における祈禱《きとう》は神に、寺における祈禱は本尊に、加護を祈る儀式であり、除霊とは別物だ。

「一番簡単なお祓いは参拝だな。神聖な場所に悪い気は入れない」

と、石黒が締めくくった。礼を言って電話を切る。

僕は湯布院を神社に連行する想像をしてみた。誘拐犯っぽい絵面《えづら》だ。しかもあいつ、絶対抵抗する。ここぞとばかりに十五歳であることを利用し、哀《あわ》れっぽく助けを呼ぶだろう。そして僕が警察に連行される……。

「湯布院自身じゃなくて、振り袖自体を祓うのは？」

僕が言うと、文さんは「どうかな」と首をひねる。

「さっきはああ言ったけど、アタシは振り袖の実物を見てないし、どこに保管されているかも知らない」

……そうか。

店にあるんだろうと勝手に思っていたが、クリーニングに出されているのかもしれないし、湯布院が抱いて寝ているかもしれない。

結局、僕はここまでなのか。

あと一歩が足りない。

こういうとき、湯布院だったら……いや！　湯布院がやることじゃなくて、やらないことを考えろ。

腕を組んだり、頭を搔《か》いたりしてみるが、名案は浮かばない。

ダウンジャケットのポケットに何気なく手を突っ込んだら、何かが指に触れた。回らない寿司屋でもらったメモだ。それを見た途端、あるひらめきが体を貫いた。

十五歳の湯布院では絶対できないこと。

実現すれば、湯布院を引っ張り出せる。……しかし、この作戦は捨て身すぎた。

僕は文さんを振り返る。アルコールのせいで耳がうっすら赤くなり始め、潤んだ瞳がキラキラしている。

緊張と期待で高鳴る胸を押さえ、僕は言う。

生まれて初めて言うセリフ。

「僕ら、結婚しませんか？」

4

プロポーズしてから六日後。

僕らは挙式をするために神社に集まった。急な話だったのに予約が取れたのは運がいい。親しい友人へのお披露目を兼ね、ごく小規模な挙式である。

というのは方便で、湯布院をおびき寄せるためだけの設定だ。

今だから言えることだが、僕は湯布院をある種、信頼していた。

姉妹が未練を残した品は振り袖だけじゃない。そう、花嫁が着る打ち掛けだ。呪いの振り袖を手に入れた湯布院は、呪いの打ち掛けだって欲しがるだろう。部屋に引きこもっていても、情報収集しているに違いない。

それで僕は青山さんにお願いして、呪いの打ち掛けの偽情報を流してもらった。

――曰く付きだと知らないまま購入した女性が近々挙式するらしい、と。

多少怪しんだとしても、湯布院ならば、自分の目で真偽を確かめようとする。常識よりも好奇心を優先する男なのだ。

そんなわけで、僕は文さんにプロポーズした。湯布院のために速記文字まで覚えるような彼女なら、やってくれるはず。偽装挙式とはいえ、相手役が僕では力不足だと嫌がられるかと思ったが、文さんは別のことを気にしていた。

「婚前にウェディングドレスを着たら、婚期が遅れるってジンクスあるよね……？」

「ウェディングドレスじゃなくて白無垢《しろむく》ですからセーフです！」

僕はフォローにならない屁理屈を言う。

無理強《じ》いはしたくなかったが、ほかに花嫁になってくれそうなあてがない。

説得の甲斐あって、文さんはこの計画に乗ってくれた。僕のためじゃなく、湯布院のためだということは重々わかっている。

挙式当日はすっきりと快晴。

神主と相談し、広告用のブライダル写真に採用してもらうことで衣装代などはタダ。紋付《もんつき》羽織袴《はかま》の僕は、白無垢の文さんより早く着付けが終わった。ただ待つのももどかしいから、境内《けいだい》で湯布院を捜す。

土曜日だし、梅目当ての参拝者が多い。衣装のせいか、何人かに写真を撮られた。芸能人にでもなった気分で少し照れる。

「おい、兄ちゃん！」

人混みの中で、青山さんが大きく手を振る。今日も、お気に入りの藍色のマフラーを巻いていた。

僕が近付こうとすると、青山さんは別方向を指さした。鳥居のほう。サングラスとマスク、さらにコートの襟《えり》まで立てて顔を隠した男がいる。

……あれで変装しているつもりなんだろうか？　つい、笑ってしまう。

会ったら何を言おうか、昨夜からずっと考えていた。でもいざ元気そうな姿を見るとほっとした。

やっぱり、大人しく祟られるような男じゃない。

青山さんに会釈してから湯布院に歩み寄ると、何食わぬ態度で待っている。

「そのサングラスよく似合ってんな」

「ああ」

短い返事だったが、いつもの涼しげな声色《こわいろ》じゃなくてガラガラ声だ。仮病も疑っていたから、驚いた。

「本当に調子が悪かったのか？」

「これでもマシになった」

「祟りのせい、とか言わないよな？」

「振り袖に付着したカビを吸い込んだせいだ。思いがけず長引いてしまったが、この機会に乗じて、きみの行動観察をしたかった。きみを一人にしたら、どう考え、どう動くか、思考実験では得られないデータが欲しかったんだ」

……こいつ、ナチュラルに僕をモルモット扱いしてないか？

「だから文ちゃんに頼んだ」

文ちゃん？　いや、呼び方に引っかかっている場合じゃない。

「頼んだって、伝言以外に何かあった？」

「俺と電話を繋いだまま、きみと行動を共にしてもらった」

「……」

冷や汗が頰《ほお》を伝う。

そういえば、文さんはスマホをよくいじっていた気がする。仕事先に連絡したふりやマナーモードにしたふりをして、湯布院に電話をかけていた？

それに湯布院のペンネームを知らないはずの文さんが、「慧」と呼んだのも、考えればおかしかった。僕は「湯布院」としか呼んでいない。

「文さんがお前のスパイだったってこと？」

寿司屋での笑顔も、僕を手伝ってくれたのも、合コンの約束も全部嘘？

ショックで膝が震えた。とっさに湯布院に手を伸ばしたら、人でなし野郎は避けやがった！

僕はなんとか玉砂利《たまじゃり》の上で踏ん張って、

「薄々はわかってたよ！　けど、……好きだから疑いたくなかった」

「先月は瞳さんを好きだったくせに、もう文ちゃんを好きになったのか。きみは俗物だな。その調子で来月は別の女性を好きになればいい」

「人を発情期みたいに言うな。瞳さんのことは駄目元だとわかってても、ちょっと未練があっただけだ。文さんに誤解されるようなことは絶対言うなよ！」

「それは俺が決めることだろ。言論の自由は憲法で保障されている」

あー、駄目だ。いつものペースに乗せられている。喉が本調子じゃなくても、湯布院はやっぱり湯布院だ。自己中心的な王様気質。

「文さんがお前のスパイなら、この挙式は罠だってわかったはずなのに、なんで来た？」

矛盾点《むじゅん》をつくと、湯布院はサングラスの下で嫌そうに眉をひそめる。

「青山さんと取引があったからだ」

え。それは僕も知らない。

「本当に打ち掛けが見つかったのか？」

「違う。振り袖を買い戻したいと言われた。依頼人の頼みではなく、青山さん個人の希望。お焚き上げして、供養したいそうだ」

「……なんで今更？」

振り袖について僕に話してくれたとき、青山さんはお焚き上げに反対していた。振り袖にかつての婚約者たちを重ねていたからだ。

僕は人混みの中に青山さんを捜す。でも姿はもう見つからない。

「きみのためだそうだ」

「僕の？　なんで？」

「俺に人間の機微を期待するな」

何か気付いたら教ええろ、と念を押してくるから、意地悪で教えてくれないわけじゃないらしい。それで僕なりに考えてみたが、おそらく言葉通りの意味だ。

僕のために、生き方を変えた。

妻子に捨てられ、ゴミ屋敷で暮らしている青山さんに僕は一部共感した。きっと青山さんも同じ思いだっただろう。だからこそ、似た境遇の僕が未来に希望を持てるよう、変わろうとした。自分の過去とちゃんと向き合った。青山さんの本質は婚約者姉妹をもてあそんだ男じゃなく、姉妹に惚《ほ》れられるような人格者だったんだ。

「ニヤニヤするな。不審者に見えるぞ」

と、自分こそ不審者みたいな格好している湯布院が言う。言い返そうとしたら、ふいに名前を呼ばれた。僕に着付けをしてくれた人だ。挙式の時間が迫っているらしい。

文さんが湯布院のスパイだと知ったあと、彼女と結婚するなんて複雑だ。いや、スパイする必要がなくなったから、演技も終わりかな?

プロポーズから六日後に破局。

挙式撮影のため、エキストラ役として学生寮のメンバーも集まっている。中止を告げたら、なんて言うだろう……。多分しばらくは、『逃げ・られ男《お》』みたいなニックネームで呼ばれる。

憂鬱《ゆううつ》な気持ちで花嫁の控え室に向かうと、白無垢姿の文さんがいた。

アクセントの色味もない、本当に真っ白な白無垢だ。いつもの文さんもきれいだけど、今日の姿は、日本人の心に訴えかける神秘的な美しさだった。

見惚《みと》れる僕を湯布院が押しのけて言う。

「水揚げされたケンサキイカみたいだ」

デリカシーゼロ男め……。

しかも文さんの綿帽子《わたぼうし》を剝《は》ぎ取り、さらには打ち掛けにまで手をかけようとする。

「お前！」

さすがの暴挙に驚き、背後から羽交い締めにした。湯布院とは身長が同じでも、筋肉は僕のほうがあったようだ。抵抗する湯布院を廊下に連れ出し、ドアを蹴って閉める。

痴漢《ちかん》野郎はなぜか被害者づらでわめいた。

「何をするんだ！」

「それはこっちのセリフだ！」

「芝居を続ける必要がなくなったから、もう衣装はいらない」

「だからって、人前で脱がせようとすんな！」

言い合っているとドアが開き、文さんが顔を出した。衣装を整え直して白をまとった彼女は威圧感が増している。

「式はやる。撮影する予定だから」

え、いいの？　僕は目を丸くした。

撮影とはいえ、文さんと結婚できる？　どん底だったテンションが一気に上がった。

しかし湯布院はむっとした様子で、

「違約金ぐらい、払えばいい」

「お金じゃない。集まってくれた人のため。家木くんの面目が潰れるでしょ？」

「もともと潰れたような顔だ！」

そこは今言わなくてよくない？　ちょっと傷つく。

すると文さんが、湯布院のきれいな顔を物理的に両側から手で勢いよく潰した。パーァンと乾いた痛そうな音が響く。

白無垢の花嫁に顔面を挟まれ、壁に押さえつけられるマスク男という妙な絵面だ。

「あんたのために家木くんは、ここまでしてくれたんじゃない。取材だと思って、大人しく見てなさいよ」

意地を張るようにしばらく黙っていた湯布院だが、文さんに「返事は？」と頭を揺さぶられ、不承不承うなずいた。

湯布院が負かされる姿、初めて見た……。

「家木くん、ちょっといい？」

湯布院から手を離すと、文さんは僕を名指しする。

僕も張り倒されるのかと身構えつつ、言われるままに控え室に入った。呼ばれていない湯布院も入ってこようとしたから、後ろ手にドアを閉める。

張り倒されてもいいから、文さんが口を開くより先に聞いた。

「本気で騙す気はなかったんですよね？　僕が見ているところでスマホを触ったり、知らないはずのペンネームを呼んだり、ヒントはずっとあった」

多分僕は、言い訳してほしかったんだと思う。僕を騙したにしても、それは湯布院のためだったと言ってほしかった。でも文さんは自分の行動は全部、自分で背負うつもりらしい。

僕に向かって、頭を下げた。

「ごめんなさい。どう償《つぐな》ったらいい？」

どこまでが演技なんだろう？

彼女の第一印象は、自分とは縁遠い世界の住人だった。とっつきにくい美人。次が、いとこ思いのお姉さん。怖いけど優しくて、湯布院を守るためなら手段を選ばない。

でも今はもう、文さんがどんな人なのかわからない。

「……どうして、湯布院のためにここまでするんですか？　僕にだって年下のいとこぐらいいますけど、そいつのためにスパイしたり、偽装挙式までしないですよ。それとも、いとこも嘘ですか？」

「うん、嘘。林質屋の税理士なのは本当。慧はアタシの顧客だから、今回は業務サービスの一環かな。ボーナスも出るらしいし」

「じゃあ金のために……？」

否定される前提で聞いた。でも彼女はてらいなくうなずく。

「そうだよ。アタシたちはそれだけの関係」

文さんはドアを見やると、湯布院と同じ顔で笑う。

眉間に皺が寄って、一瞬泣き出しそうに見える笑い方。

「お金で動く女のほうが、あの子は安心して使える」

……僕はずっと、誤解していたのかもしれない。

しぐさが移るぐらい一緒にいるのに、文さんは自分のことを湯布院の手駒《てごま》みたいに言う。

空気を読むのが苦手で、人の心がわからない湯布院にとって、一番理解しやすい関係性が雇用関係だからだ。

　ワガママ放題に育てられたおぼっちゃんだから、あんな性格なんだと思っていた。でも、この問題の本質はもっと根深い？

　文さんに騙されたのは悔しいが、僕だって湯布院を騙すつもりだった。彼女一人を責められない。

「僕は文さんと寿司屋に行って、酒飲んで、挙式までできるんだから、役得でした。償ってもらうことなんてないです」

　精一杯強がって答えると、文さんは感心したように目を細めた。

「いい人だね、家木くんは」

　褒め言葉っぽいけど、振られるときの常套句《じょうとうく》みたいに聞こえる。

「行こっか。足元が見づらいから、隣を歩くときはゆっくりね」

　片手で裾《すそ》を持ち上げながら、文さんが僕の手に手をからめた。余裕ある態度とは裏腹に冷えた手だ。彼女の前ではまな板の鯉《こい》よりも無力な僕は、とっさに握り返せない。

　ギクシャクとドアを開けると、エキストラ役の寮生が待ち構えていた。やっかみ半分の歓声が上がる。

　文さんにあれだけ言われたのに、湯布院はいなかった。僕がそれに気付いたんだから、文さんもすぐ気付く。

「あの子、どうしたのかな？」

「たとえ芝居でも、結婚するのを見たくないんじゃないですか？」

出会って数日の僕でさえ、好きになった女性だ。思春期真《ま》っ只中《ただなか》の、友達がいない十五歳が好きにならないわけがない。打ち掛けを脱がして、偽装挙式をやめさせようとしたのだって、そういうことだ。やり方は酷いが可愛いところがある。

しかし文さんは僕の言葉にきょとんとした。

「取材できる機会なのに？」

案外天然？　会うたびに新たな一面を知る。

どこまでが芝居で、どこからが本音なのか、どうしたって疑ってしまうのに、彼女にならもう一回騙されてもいいとも思う僕がいた。

四話　夢の値段

1

十二月に林質屋《はやし》を訪れて以来、店内で接客する湯布院《ゆふいん》を見ることはあまりない。それだけ客が少ない店だからではなく、先客がいるときや新規の客が来たときに僕はすぐ帰っていたからだ。一目で店員とわかるスーツ姿の湯布院ならともかく、コーヒーをする大学生が同席していたら話しづらいだろうし、僕だって気まずい。

他店では断られる品物を持ち込むせいか、大抵の客は林質屋を最後の希望とすがる気持ちはあっても、それをひた隠しするように表情が暗い。

しかしその日、閉店間際に来た男は、圧倒的な陽のオーラを放っていた。いや、山男のオーラと言うべきか。三月中旬なのに焼けた肌。百八十センチ越えの高身長。痩《や》せた体に大きな登山用リュックを背負っている。顔のパーツだと太い眉毛にまず目がいくが、こざっぱりした顔立ちなので眉毛以外の印象が残らない。笑い皺《じわ》の深さから考えると三十歳前後。

僕が反射的に三人掛けソファから立ち上がったら、男は湯布院と僕を交互に見て、

「思い出を買い取ってくれるんだよね？」

と、僕に向かって言った。なぜ僕？　先客じゃなく、バイトだとでも思ったのか？　戸惑いながらもうなずこうとしたが、湯布院が割って入る。

「どなたからその話を？」

「どなた……と言われると困っちゃうなあ。居酒屋でたまたま一緒に飲んだ人から噂《うわさ》を聞いた。酒の席だと名前を知らない間柄でも打ち解けるから」

ちなみに僕は紀ノ本《きのもと》と言います、と自己紹介しながら、麻袋みたいな手提げ袋から新聞紙で包まれた品物を取り出し、ローテーブルに置いた。より正確に言えば、ローテーブルに手提げ袋を敷いて、その上に音を立てないほど静かにそっと置いた。それから新聞紙を広げる。

こんなにも慎重に扱うんだから割れ物か？　僕は店を出るタイミングをすっかり逃がし、彼の手元を見つめ続ける。ほどなくして、全貌《ぜんぼう》があらわになった。長いトングみたいな二本の棒の先に魚の輪郭《りんかく》をした金型がくっついている。セレブな湯布院より先に庶民《しょみん》派の僕が気付いた。

「たい焼きですか？」

「そう！　一匹だけの天然物」

紀ノ本さんは嬉《うれ》しそうに言う。

「あ。天然ってわかる？　俗称だけど、一気に複数匹のたい焼きを焼く大量生産を養殖。これみたいに一つの金型で一匹だけ焼くたい焼きを天然……まあ二匹の場合も言うらしいけど、僕は一匹としたいなあ」

うっとりとした表情で語り続ける。

「火の通りは一匹一匹との駆け引きでね。料理人でありながら釣り師の気分だよ。ついつい話しかけちゃうんだ。お前はふっくら仕上がってるか？　いやあと五秒待て。いち、に、さん、しー……、よしここだ！」

それからも独壇場が十分以上続いた。座るようにうながす隙《すき》もない。理想のたい焼きのため、大学を半年休学して全国を回り、復学してからはもちろんたい焼き店でバイトして、卒論のタイトルは『たい焼きの分布から見る地方再生の課題』だったそうだ。

「よっぽど好きなんですね」

もうそれしか言えない。

「昔はそうじゃなかったんだけど、母や姉が好きでよく買いに行かされた。……苦手だと言い出せないまま、初めての彼女と少しでも長く一緒にいたい一心で食べたこともあるし、部活帰りに先輩に連れられて友達と大食い競争させられたこともある。僕の人生にはずっと、たい焼きがあったんだ。でもそんな思い出の店が潰れてしまった。もう九年前だよ。

ずっとあると思い込んでいたから、ショックだった。すっかり行かなくなったくせに、なくなってから大切さがわかるんだよね。……何百回と歌われてそうなベタな話だけど」

笑いを誘うように肩をすくめておどけるが、僕らが笑わないのを見ると、紀ノ本さんはふと真顔になる。

「あの日までは退屈な大学生の一人だった。でも変わったんだ。僕にとってそうだったように、誰かの人生の一部になるような場所を、笑顔があふれる場所を作りたいと本気で思った」

大げさな身振り手振りのない、素の言葉こそが僕の胸に一番響いた。

僕は現在進行形で退屈な大学生だ。これだけ熱中できることに出会えた人は素直に羨《うらや》ましい。

「そんな大切な商売道具を売っていいんですか？」

思い出話だけを買い取ると勘違いしているのだろうか？　僕が聞けば、紀ノ本さんは深くうなずいた。

「クラウドファンディングで大勢に支援してもらって、四年前にやっと地元でオープンしたんだけど、中古で安く仕上げた部分のボロが目立ち始めちゃって改装資金が必要なんだ」

つまり、背に腹は代えられない状況なんだろう。

気になったのが、質問魔である湯布院の沈黙だ。そもそもこいつ、たい焼きを食べたことがあるのか？　話についてきてる？　不安になり始めた頃、ようやく湯布院が口を開いた。

「一つ確認したいのですが、よろしいでしょうか？」

「いくつでもどうぞ」

厳《おごそ》かな物言いにつられたのか、紀ノ本さんが身構える。

「弊社《へいしゃ》に関する噂をもう少し詳しく教えていただけませんか？」

「作家が小説のネタにするため、よそでは買い取らないような品物でも買い取る質屋があると聞いたんだ。その質屋さんと、作家さん？」

紀ノ本さんは湯布院と僕をそれぞれ交互に手でさししめした。

……あー、やっとわかった。紀ノ本さんが店員らしくない僕に話しかけたのは、僕こそがネタ目当ての作家だと勘違いしたからだ。

「誤解です。僕は……」

客でいいのか？　パシリか？　説明に困って湯布院を見るが、助けてくれる気はないらしい。そのすまし顔になんか腹が立った。

「彼の友人です」

笑顔で言うと、湯布院が眉をひそめて僕を睨《にら》んだ。友達はいないと公言しているやつだが、僕が友達なのは嫌だそうだ。接客中だからか、いつもみたいな暴言は飛んでこない。安全圏から生意気な中学生をからかうのはすごく楽しい。癖になったらどうしよう。

僕らのどうでもいい攻防なんて知ったことじゃない紀ノ本さんは、困ったように頭を掻《か》いた。

「まいったな。聞き上手《じょうず》だから、すっかり話し込んじゃったよ。引き止めて悪かったね。……この店が思い出を買い取ってくれる噂はデマじゃないよね？」

「それは」

本当ですよ、と言おうとした僕に湯布院が声をかぶせた。

「デマです」

何言ってんの、お前？　もともと読めないやつだが、これは本当に意味がわからない。

しかし湯布院は淡々とした口調で言い切った。

「その噂はデマです」

「なんで嘘《うそ》ついたんだよ？」

紀ノ本さんが帰ったあと、僕は湯布院に聞いた。

期待が外れてがっかりした紀ノ本さんだが、「よかったら来てよ」と店のステッカーをくれたぐらい、いい人だった。

ステッカーは五センチ四方のサイズ。毛筆で描かれたモノクロなたい焼きのイラストと店のロゴ。いい意味で味がある、ヘタウマな出来映《できば》えだ。

「俺は嘘をつかない」

「ついたよ。お前は思い出に金を出すだろ」

「小説にしうるストーリー性の有無について、査定はしている。だが質契約の帳簿に記載するのは、品目だ。思い出のあらすじではない。よって、俺が買うのは思い出ではない」

んー？　わかったような、わからないような説明だ。

「あー、じゃあさ。思い出を買い取るかどうか聞かれなかったら、断らなかった？」

「断った。きみはオーバーな口調や間の取り方が気にならなかったか？　繰り返し話しているから、笑いどころや落としどころのリズムを摑《つか》んでいるんだ。飲みの席ではそれなりに盛り上がることができても、素面《しらふ》だと聞くに堪《た》えない」

飲みの席なんて知らないだろう未成年が知った口をたたく。

なんだ、話が気に入らなかったのか。噂がデマだと言い張ったのは追い払うための方便で、さっきのよくわからない説明は僕を言いくるめようとした？　まあ、湯布院のことだから、本気でそう思い込んでいる可能性もあるけれど。

手続き上、質屋のルールに則《のっと》った取引だから、思い出を買った記録がない。買った事実がないなら噂は正しくない。そんな感じか。

「僕はいい話だと思ったけどなあ」

「本当にそう思うか？」

「思う」

「ならば、きみが改装資金を出せばいいだろ」

……それはちょっと。

言葉を詰まらせた僕から湯布院はステッカーを取り上げ、指先で遊ばせた。

「自分がしたくないことを他者に強《し》いるのか？　いいご身分だな」

「論点をわざとずらすなよ」

「ずらしたつもりはない。本人も言っただろ。『何百回と歌われてそうなベタな話』。それが欲しくない理由」

僕が質入れのときについた病床の恋人という嘘だって、ドラマや映画で使い古された設定だろう。それでも湯布院は泣いた。もしかしてこいつの好みは恋愛？　かなり意外だ。

「ベタって王道とも言えるぞ」

「そこまで言うなら、きみが……」

「待て。話をループさせるな。そんな金があったら、まずお前に借金を返してるよ。……言ってなかったけど、最近は新しいバイト先を探してる。明日、面接予定」

「塾は辞める？」

「辞めない。掛け持ち先を探しているせいで苦戦してる。あ！　こんな質問、今更かもしれないんだけど、……まさか違約金にも利息がつくの？」

そもそもが違法な違約金だから一応聞くと、湯布院は首を横に振った。

「違反者が出るとは予想しなかったから、支払い期限さえ書面に盛り込まなかった」

「……悪かったよ。お前の想定外の極悪人で」

素直に謝ると、湯布院は「いや、そういう意味では」と一度は言いかけたが、何かを自己完結させたらしくうなずいた。そして人差し指と中指で挟んだステッカーを僕に向け、ピンと弾いて飛ばした。

「帰ってくれ。店を閉めたい」

「……フォローしようとするなら最後までしてくれよ」

そんなのを期待するだけ、無駄かもしれないけど。僕は手を伸ばして、ひらひら舞ったステッカーを摑んだ。

2

翌日の夕方。僕が林質屋の開店すぐに現れたから、出迎えた湯布院は意外そうな顔をした。バイトのシフトの都合もあるが、連日店に行くことはまずない。話すネタがないからだ。でも今日は違う。

僕は三十分前に紀ノ本さんの店で買ったたい焼きが入ったレジ袋を掲げた。

「たい焼き買ってきた」

受け取った湯布院はレジ袋の中を覗《のぞ》きながら言う。

「用件はそれだけ?」

「違う。僕もまだ混乱しているから、ゆっくり話させろ。お前はああ言ったけど、やっぱり僕は紀ノ本さんが気になったんだよ。それで面接帰りに寄った」

早口に言いながら、僕はコーヒーメーカーに紙コップを二個セットする。視界の端で湯布院が定位置の一人掛けソファに座って言った。

「面接がうまくいかなかったんだな?」

「……なんでそう思う?」

「俺を見ないまま一気に言った。わざわざ話しに来たくせに、相手の反応を楽しもうとする余裕がない。不採用になった面接の様子はあとで聞かせろ」

「不採用とはまだ決まってないけどな……」

そう言いながらも、声がどんどんしぼんでしまう。さすが湯布院は見逃してくれない。がっかりしながら、コーヒーメーカーのボタンを押した。

「まあ、食えよ。つぶあんとりんご、どっちでも好きなほう。一応聞くけど、たい焼きって知ってる?」

「小麦粉と水と重曹《じゅうそう》などの膨らし粉を用いた生地であんこを包んだ焼き菓子」

なんだその成分表みたいな説明は。

ローテーブルにコーヒーを持っていって三人掛けソファに座り、二種類のたい焼きをそれぞれ半分こにした。やってみてわかったけど、たい焼きを半分にするのは結構めんどい。頭と尻尾じゃ不公平だし、だからといって上下に割っても公平じゃない上、見栄えが悪い。僕が小学生だったら絶対頭を譲らなかったが、大学生なので頭を譲ってやった。

薄皮でパリパリの生地とたっぷり入ったあんこは相性がよく、素朴《そぼく》で懐かしい味だ。シャキシャキした歯ごたえのりんごジャムはカロリー控えめのアップルパイみたいで、好きな人が多そう。

「それで？」

と、湯布院は飲み込むのに苦戦しつつ、話をうながす。

「食の安全・安心にこだわっている店だった。国産の小麦粉に国産の小豆《あずき》。卵アレルギーの人でも食べられるように卵を使ってない。そのせいか値段は相場より高いけど、そこそこ人がいたよ」

スマホを取り出して、いくつか写真を見せる。

「駅からまあまあ遠くて、初めての道で迷った分もあるけど、徒歩二十分くらい？　目印になった商店街からも道が一本外れているから見つけにくかった」

まず駅の写真。人が行き交う商店街アーケード。そして……。

「お前さ、思い出で嘘をついた場合について、今後はちゃんと盛り込んだほうがいいよ。

……紀ノ本さんは嘘をついてた」

すると湯布院はスマホから視線を外して、僕の顔を見つめた。その目は続きを期待するように輝いている。

「もったいぶるなよ。さっさと話せ」

ああ、本当だ。

話したい話題のときは、相手の反応を楽しみたくなる。この表情を見るために店に来たんだ。

「商売道具を手放してまで改装資金が欲しかったのは、中古品のせいじゃない。もっと深刻だった。店が放火されたんだ」


話は一時間ほど前にさかのぼる。

僕はラーメン店での手応《てごた》えのない面接を終え、すっかり打ちひしがれていた。このまま学生寮に帰るのも気乗りしなくて、どこかに寄ろうと思ったとき、紀ノ本さんの顔が浮かんだ。

あれだけ熱っぽく語るたい焼きは、一体どんな味だろう?

もらったステッカーにある店名をスマホで検索すると、口コミ評価は三つ星。レビューを見れば、五つ星と一つ星の平均値で三つ星のようだ。低評価の理由は待たされたことや道がわかりにくいせいで、味の評価ではない。

僕は方向音痴《おんち》ではないし、地図アプリがあれば迷わないと思ったんだけど、確かに一つ星評価になるぐらいにはわかりにくかった。民家が密集し、似た景色が続いている。

二階建てのビルの一階部分が紀ノ本さんの店。二階は空きテナント。店内に飲食スペースはなく、露店をそのまま店舗に入れたような店構え。通りに面した下半分は板張りの壁で、上半分が窓。たい焼きを焼く姿が道路から窓ガラス越しに見える。

時間帯のせいか、学校帰りっぽい女子中高生や小さな子どもを連れたお母さんが並んでいる。成人した男は一人もおらず、女性客ばかりだから、そのまま素通りしたくなったが、仕方なく数人の行列の最後尾につく。万年金欠の僕はそのときになって財布にいくら入っていたか不安になった。

たい焼きはそう高くないよな？　メニュー表を探したら、窓ガラスに貼られたポスターに『目撃情報求む』とある。不穏な見出しだ。列が進んでようやく、詳細が読める位置まで来た。

店のひさしに吊り下げたオリジナル提灯《ちょうちん》が、先々週の夜、二月二十八日に放火されたらしい。燃やされる前の通常バージョンと、表面の和紙だけでなく内部の竹ひごさえも焼けた残骸《ざんがい》バージョンの対比写真が痛々しい。元は白地の提灯で、ステッカーと同じイラストが印刷されていた。

注文口の脇には、看板提灯支援募金箱が設置され、客からの寄せ書き色紙や似顔絵イラストも飾られていた。注文する人はもれなく小銭を募金する。僕の前に並んでいた三歳の男の子もお母さんに抱きかかえられて、百円玉を入れた。なぜ三歳とわかったかといえば、接客する紀ノ本さんが「お、久しぶり。いくつになった？」と聞いたら、男の子が指を四本出したが、そのお母さんが「三歳！」と訂正していたからだ。

彼らは知り合いらしく、近況報告も兼ねて話し込んでいる。

「今回は大変だったね。でも思ったより酷《ひど》くなくてよかった。営業できないぐらい燃えちゃったかと心配したよ」

「よくないよ。火災保険に入ってなかったから被害額は補塡《ほてん》されない。犯人が捕まらないのを怖がってバイトちゃんも辞めちゃったよ。いい子だったんだけどなあ」

「そんな弱気は、きのもっちゃんらしくないよ。今日だってこんな行列だし、損失分ぐらいすぐ稼げちゃうって。ほら、みのる。おじちゃんに頑張れーって言ってあげて」

たい焼きをすでに頰張《ほおば》っていたみのるくんは、「がんばれ」と唾《つば》を飛ばしながら元気よく答えた。親に言わされた感しかないが、それでも紀ノ本さんはほっと和《なご》んだように微笑《ほほえ》んだ。

次に僕の番が来たので、僕は真面目な顔を作って言った。

「バイトを募集しているなら僕なんてどうですか？」

割と本気だったのだが、紀ノ本さんは「はは」と苦笑いで流した。店のロゴがプリントされた半袖《そで》Tシャツとキャップをかぶった紀ノ本さんは、登山前みたいだった昨日よりずっと飲食店の人間らしく見える。

「昨日の人だよね？　本当に来てくれたんだ。ありがとう。じゃあ、一匹サービス。どれがいい？」

募金箱を設置している人からもらうのは気が引けた。でも男気に押され負け、その代わりといってはなんだが、サービスされた分の金額を募金した。

二階へ通じる階段は、小学生の放課後の集合場所らしい。ランドセルを背負ったまま一人、また一人と集まってくる。そのたび紀ノ本さんは「おかえり」と声をかけた。

こんな店が子ども時代にあったらいいよな、と温かいたい焼きを抱えながら思った。

「思い描いた夢をちゃんと叶えた人だった。そんな人の店が一部とはいえ燃やされて、心に訴えかけるものがあるだろ？　助けたいって思うだろ？」

そんな僕の感傷的な部分を湯布院はたった一言でぶった切った。

「思わない」

まあ、これでこそ湯布院か。

「ちなみにどこが駄目？　話す前は興味がありそうだったじゃん」

「きみの主観がノイズになっている。客観的な情報の積み重ねが欲しい。まず聞きたいが、放火だと断定できるのか？　不審火ではなく？」

それってどう違うんだろう？　と思いつつ、答える。

「紀ノ本さんは犯人がいると思い込んでいるみたいだった」

「火災を見つけた第一発見者は？」

「それは、ごめん。覚えてない。書いてなかったかも。時間は『夜九時頃』と書いてあったと思うけど、それが犯行時刻なのか、発見時刻なのかは自信がない」

「なぜ肝心《かんじん》のポスターの写真を撮らないんだ？」

「そんなの撮ったら、不謹慎なやつっぽいだろ？」

人の不幸を喜ぶ野次馬みたいでさ。

「『協力するために撮らせてくれ』とでも店主に言って撮影すればよかった」

そう言いながら湯布院がタブレットを操作する。

「店のブログに詳細がある」

湯布院が読み上げた情報によると、有志による地域の見回り隊が消火。発見が早かったから被害は提灯だけで済んだ。その時間、紀ノ本さんはアパートに帰宅していて、店は無人。

湯布院は首をかしげ、

「妙だな。昨日語らなかった理由がわからない。すでに全世界に向けて発信しているのだから、隠す必要もないだろう」

「お前が噂はデマだと言い出したから話せなかったのかもよ」

「語り終えたと認識できるだけの時間は取った。きみが余計な口を挟んだせいで話の腰を折られたのかもしれない」

淡々と言い返しながら立ち上がり、湯布院が僕を見下ろす。

「両手を太ももの上に重ねて置け」

なんで？　と思いつつも、つい言われた通りにしてしまう僕だ。太ももに左手を置き、手の甲を覆《おお》うように右手を重ねたら、湯布院がその上にタブレットをのせて、さらにコーヒーが残ったままの紙コップを置いた。

は？　何これ？

「待っていろ。こぼすなよ」

こんなことされなくても待つわ！　叫び返したいが、振動で紙コップが倒れそうで怖い。

僕が座る三人掛けソファの背後のドアを開けた音がする。それから湯布院が帰ってくるまでが長かった。この状況の意味がわからない。僕に与えるダメージよりも自分が受けるダメージのほうが大きい嫌がらせをするなよ。

　足音で湯布院が戻ったのがわかるとさすがに耐えかねて言った。

「なんでこんなことすんの？」

「見ればわかるだろ？」

　質問に質問を返し、湯布院は両手で抱えた新聞紙の束をローテーブルに積み上げた。

「事件の翌日から今日までに発行された地方紙だ」

「……僕がコーヒースタンドにされた理由が載っているのか？」

「俺が奥で作業する間、きみがここで悠々《ゆうゆう》と遊んでいるのが嫌だった」

　悪びれずに言って、湯布院が紙コップを持ち上げる。

　まさか小間使い扱いよりもさらに下があったなんて。絶対借金を返そう。人間扱いされるようになろう。本気でそう思った。

「先々週発行分をきみが担当しろ。俺は先週発行分を担当する。早く終わったほうが今週発行分も見る」

　事件が起きた先々週分だけじゃなく、先週分や今週分までチェックするのは新情報が載る可能性があるからだろうが、別の疑問が残る。

「店に直接問い合わせたほうが早くないか？」

「言っただろ。客観的な情報が欲しい。被害者や関係者以外がまとめた視点。記事がないとしたら、『記事はなかった』という情報が得られる」

つまり、自分のやり方で納得したいってことね。

たかだか一週間か二週間分だと思っていたら、朝刊と夕刊。しかも湯布院はさらに全国紙を五紙も追加で運んでくる。地方紙に載らないような小さなニュースは全国紙にもないと思うのだが、それはそれでやっぱり『ない』という確証が欲しいのだろう。今日僕が持ち込んだ話がきっかけだから文句は言わないが、言いたくなる量だ。

お互い無言のまま、新聞紙をめくる音だけが聞こえる。しばらくすると、そこに僕の溜め息も加わった。

連日起きる事件の凄惨《せいさん》さにはげんなりする。殺人、恐喝《きょうかつ》、死体遺棄、窃盗《せっとう》、傷害、詐《さ》欺《ぎ》。放火もあったが違う地域の事件だ。この記事で、不審火は放火だと断定できない原因不明の火事を言うと知った。

「つらいなあ」

僕がぼそりとつぶやくと、湯布院は紙面から顔を上げないまま、

「それは独り言か？」

「独り言だったけど、会話になったら嬉しい。僕の担当分はもうすぐ終わる」

「希望的観測じゃなく、事実を言え」

「あと二紙で終わる」

「そうか。俺は今終わった」

張り合ってくるなあ。楽ができていいけど。

「お前さ」

呼びかけた言葉はふと途切れた。湯布院がいつの間にか眼鏡をかけていたことに気付いたからだ。丸みを帯びた逆三角形のフレーム、暗い色味のべっ甲柄。クラシカルでありながら遊び心もあるデザインで、湯布院のとっつきにくいクールな印象を和《やわ》らげている。確か、ボストンフレームだっけ。去年の秋、眼鏡を買うか迷ったときに店員からそう教わった。「女子受けするデザインですよ」とも言っていた。

「スーツで眼鏡って、モテアイテムばっかり欲張るなよ！」

残された眼鏡枠まで奪いやがって！

思わず僕が言うと、湯布院はあきれたように答えた。

「そんなくだらない理由で視力矯正《きょうせい》器具はつけない」

「くだらなくない！　一生を左右する問題だ」

モテナイ男の苦悩を知らないからそんなことを言えるんだ！　と脱線してしまったので、言いかけた言葉を続けるタイミングを失った。

違うんだ、言いたかったのはこれじゃない。

お前さ、毎日一人でこんなふうに事件を追っているのか？　だから読むのが速いの？　僕は今日だけでもすっかり気が滅入《めい》ったよ。

湯布院がこの性格だからこそ、救われる人がいるとわかっている。僕もそれに期待して店に来たのだが、あまり他人の悪意に触れてほしくないと矛盾《むじゅん》したことを思ってしまう。

やがて二人がかりで今週分までの新聞紙をチェックし終えたが、紀ノ本さんの店がある地域の不審火や放火を伝える記事はなかった。

「死傷者を出さず、連続事件でもなかったからだろう」

そう湯布院は結論づけると懐中時計を取り出し、言った。

「行くか」

3

紀ノ本さんの店の最寄り駅に着いた。湯布院があえてここをタクシーの到着地としたのは、店までの道が本当にわかりにくいか、自分で検証したかったらしい。

現在の時刻は二十時半。

「紀ノ本さんの店は十九時閉店だから、もういないかもよ」

「事件の夜もいなかったんだ。再現度が上がってむしろ好ましい。現場を見てくる。きみは周囲の聞き込みをしてから来い」

湯布院が歩き出そうとするから、腕を摑んで引き止めた。

「一人で行動するな。放火犯がうろついているかもしれないんだぞ」

平気で向かっていきそうなやつだから怖い。そうでなくても、慣れない土地に中学生を一人で放り出したくない。

しかし湯布院は何を思ったのか、ロングコートのポケットから防犯ブザーを取り出して僕の手に握らせた。

「このスイッチを押せばライトが使える。ピンを抜けば、ブザー音が鳴り響く」

「……僕が一人になるのが怖くて言ってるわけじゃない」

なぜそういう発想になるんだ。脱力しそうになるが、思い込みが激しい湯布院は全然信用してくれないまま、結局別行動することになってしまった。

駅から離れるほど、町の灯《あか》りが少なくなっていく。聞き込みって、どうやればいいんだろ。店から近い商店街に行けば、とりあえず人がいるかな？

　期待して向かった商店街はすでに営業時間を終え、シャッター通りのようになっていた。ひとけはなく、猫一匹通らない。

　まずい。成果なしだと湯布院に怒られる。アーケードを端から端まで、百メートルほどの距離を何度も往復する。しばらく待ってやっと女子大生が通ったのにナンパと思われたのか、避けられてしまった。つらい。

　あー、もういいや。湯布院に怒られよう。知らない人の軽蔑《けいべつ》のまなざしは死にたくなる。

　とぼとぼ歩いていると、ふいに背後から力強い手に右肩を掴まれた。驚いて振り返るより先に、野太い声のささやきを聞いた。

「お兄さん、ちょっといいっすか？」

「……」

　よくないです。と反射的に言いたくなるほど、威圧感がある。

　何？　カツアゲ？　最近はなくなったけど、中学校時代はたまにそういう目に遭《あ》った。スッカスカな財布にあきれて解放されるか、ストレス解消のサンドバッグになるか、どっちかだ。このまま走って逃げようかとも思ったが、変に刺激したくない。

　ぎこちない笑みを浮かべて振り返ると、ニット帽の大男が僕を見下ろしている。縦にも横にもデカい。その背後に三人の男女がいて、さっき声をかけそびれた女子大生もいる。彼女は僕を指さして言った。

「この人！」

その途端、大男が肩を組んできた。親しい友人がするみたいに強引に。あまりの力強さに僕は一瞬、体が浮いたかと思った。

大男は言う。

「じゃあ、行きますか」

どこへ？　聞きたいけれど、聞くのが怖い。

「あの、僕は怪しい者じゃなくて」

「わかってるっすよ」

いやわかっていない。その証拠にそのままの体勢で歩かされた。

商店街アーケードの中腹から脇道に入り、着いた先は三階建ての古いビル。大男の取り巻きの一人がシャッターを上げる。元はガレージだったようだが車はなく、パイプ椅子《いす》と長机が雑多に並び、石油ストーブの周りに十人近い男女がいた。僕と同世代ぐらいの年齢層ばかりで、彼ら全員が一斉に僕を見る。人数×二個の眼球。しかも冷ややかな表情つき。

人間追い詰められると語彙《ごい》がなくなるらしい。まずい。やばい。その二単語だけが頭を駆け巡った。

「ようこそ、俺らの基地へ」

　そう言いながら大男が僕の肩から手を離し、パイプ椅子を引き寄せる。プロレスの場外乱闘みたいにそれで殴られるかと怯《ひる》んだが、普通に座った。

「ちょっと前に放火事件があったんで、みんなピリピリしてるんすよ。見慣れない顔がうろついていると聞いて、声をかけさせてもらったっす。ずばり聞きます。放火犯っすか？」

　ずばり聞きすぎじゃないか？　と思っても、この場で言う勇気はない。

「絶対違います。逆にこっちも聞きたいんですけど、あなたたちはその……僕をカツアゲするために連れてきたんじゃないんですか？」

　一拍の間があったあと、どっと笑い声が起きた。

「すげえ勘違い」

「森重《もりしげ》の顔が怖いから」

「言われてみたら、うちらそれっぽい」

　その中でも一番笑っていた大男が自己紹介した。彼らは複数の大学の学生が集まったインターカレッジサークルで、顔が怖い大男こと森重さんが代表だ。

　建築学科の学生がリフォームを手伝ったり、栄養学科の学生は若者受けする新メニューを考えたり、大学生と商店街が近所付き合いするノリで連携しているそう。

有志の見回り隊は彼らだった。

僕が放火について調べていると話すと、いろいろ教えてくれた。

「毎月二十九日の夜に周辺の見回り活動をしてるんすよ。打ち上げ目当てなんすけど。二十九日、肉の日は焼き肉半額なんで。先月は二十九日がないから、前日に振り替えたら、あれっすよ。提灯のあの図柄、店の三周年記念の目玉にうちのメンバーがデザインしたやつだったから、ショックっす。ろうそくとか電飾とか仕込んでない提灯だし、雨上がりで湿度も高かったのに、自然発火とは考えにくいっすもん」

「火の規模はどれぐらいだったんです？」

「見つけたときには消えてたっす。再燃するのが怖いから、一応水をぶっかけたっすけど」

ブログの情報とは違う。見回り隊が消火したはずだ。湯布院はこういうささいなことに固執するから、正確に伝えないといけない。

「デザインした人の話を聞けますか？　この中にいます？」

「今日は来てないっす。……そういやあ、最近来てないなあ。連絡してもいいっすけど、そもそもなんで調べてるんすか？　店長と知り合い？」

作家志望の中学生質屋に改装資金を出してもらうためだと、正直に話したほうが信用されなさそう。

「知り合いじゃなくても助けたいと思うのは、変ですか？」

するとと森重さんは人懐っこい顔で笑った。

「それ、なんかいいっすね。『知り合いじゃなくても助けたい』。うん、いいっすね！　なんかわかるっす」

何度も大きくうなずく。ほかのメンバーも同じような反応をするから照れる。

森重さんがかけた電話は相手に繋《つな》がらなかったが、折り返し連絡をもらう約束をした。

森重さんと連絡先を交換してビルを出たあと、湯布院がいるだろうたい焼き店に向かった。

今日の夕方に一度は通った道とはいえ、慣れない土地で夜の一人歩きは不安だ。防犯ブザーのライトをつけて前方にかざす。

湯布院は僕が一人になるのを怖がっていると勘違いしたが、それはあいつ自身が少し怖かったからかもしれない。だから防犯ブザーを持っていた。今更ながらそれに気付くと、自然と駆け足になる。

ほどなくして、たい焼き店の前で湯布院を見つけた。声をかけるのをためらうほど、集中している。老け顔でもない湯布院が実年齢より上に見えるのは、この落ち着いた雰囲気のためだ。夜に一人でうろつく僕は不審人物として連行されるが、湯布院は違う。立っているだけで映画のワンシーンのように絵になる男だ。

湯布院は店を見つめたまま言う。

「やっと来たか。ひさしにライトを向けろ。この位置。地面から約百七十センチの高さに下の重化《じゆうけ》がくる位置に提灯が吊り下がっていた」

やけに詳しいな。この短時間でよく調べたものだ。ちなみに、火袋《ひぶくろ》の上下についている蓋《ふた》のような物を重化と呼ぶそうだ。

僕は湯布院が指さす場所にライトを向け、二人してしげしげと見上げる。

「火の痕跡《こんせき》はなさそうだな。上までは届かなかったのか？」

「それなんだけど、見回り隊が見つけたときには鎮火していたらしいよ」

僕は先ほど得た情報を細部にいたるまで詳しく話した。

「そうか。見回り隊を見つけるのではなく、見回り隊に見つけられるような怪しい行動を取ったのか」

褒めるような口調で言われたが、嬉しくない。

ふいに湯布院が手を伸ばして無言でライトを消した。

「きみなら、どこに火を放つ？」

無茶ぶりはいつものことだ。僕は二階へ通じる階段を数段上がってから考え直して、すぐ下りる。下から三段目の位置で、かがむ姿勢を取った。

「この辺かな」

「なぜ？」

「二階は空きテナントだから人がいない。上に行ったほうが道路からの死角になるかと思ったけど、もし見つかったときは逃げにくい」

「火種は？　燃料は？」

「ライターと紙？」

「持っているのか？」

「ないよ」

湯布院があからさまな溜め息をつく。喫煙家でもないのにライターなんて持ち歩かない。

「すぐ着火できるとは限らないから、火と指の距離が遠い道具を選べ」

湯布院はそう言いながらかがんで、スラックスの裾《すそ》からガスマッチを取り出したからぎょっとする。

「どこから出した？　靴下に入れてたのか？」

「今、気にすることか？」

「今じゃなかったらいつ気にすんだよ！」

今日は靴下にガスマッチを挟んで出かけようと思う朝は僕の人生で一回もない。いつもこうなの？　質屋を出る前に仕込んだ？

しかし湯布院は僕の疑問には答えず、

「殺意のある放火ならば、火災はもっと大規模になったはずだ。俺なら、店の裏手にあるゴミ収集庫を活用する。郵便受けに溜まったチラシをたき付けに使う」

と、物騒なことを言う。

「そうなると被害があまりに小さいことがヒントになるのか。……提灯だけを狙った犯行？　それは店長への恨みから？　それともいたずら？　湯布院はどう思う？」

すると湯布院が「聞きたいか？」となぜかもったいぶる。いつもは勝手に語り出すのに珍しい。教えを乞うみたいで癪《しゃく》に障《さわ》るが、ここまで労力を割いたのだから気になる。結局、好奇心に負けた。

「そりゃまあ、聞きたいよ」

「一つ、……いや二つ条件がある」

嫌な予感がした。

4

それから月日が流れ、今日は四月一日。

半月前のあの夜、湯布院がまず出した条件が日付だった。「四月になったら」と言われたが、事情が変わったらしく、昨日のうちに質屋に呼び出された。そして、もう一つの条件として新たに提示されたのが、犯罪すれすれの行為。

「お前のこういうところが、ほんと嫌いだ」

僕がそう言えば、湯布院は平気な顔をして「きみに好かれることで俺に何か利益が生じるのか?」と返した。ないよ。ないだろうけどさ。

そんな経緯のせいで、真相の答え合わせが今日になってしまった。

辺りはとっくに暗いが、閉店間際の紀ノ本さんの店には長い行列ができていた。店内から威勢のいい声が聞こえてくる。

「すみません、本日分売り切れです!」

客から「えー」と落胆《らくたん》の声が漏《も》れると、「次回ご利用できるチケットです」と配る。手際がいい。閉店時間前に完売する日が増えたからだろう。商売道具を質屋に持ち込んだ先月が嘘みたいな人気だ。

最後尾に並び、僕らが最後の客になるまで待った。

これからの展開を考え、僕は紙袋を右に左に落ち着きなく持ち替える。隣に立つ湯布院が何を考えているかまったくわからない。ここに来るまでに説明は受けたけど、本当にやるのかと疑う気持ちが強い。

そうして待って、やっと僕らの番。紀ノ本さんはほかの客にしたようにチケットを差し出してから、ふと僕に気付いた。

「あれ、質屋の？」

「はい。すごく繁盛されてるんですね」

「おかげさまで。ＳＮＳに疎《うと》いんだけど、影響力のある人をインフルエンサーと呼ぶんだよね？　少し前にうちの写真を投稿したらしくて、今はその人のファンが多いよ。同じ場所、同じ角度で撮影したがってよく聞かれる」

紀ノ本さんは自嘲《じちよう》めいた苦笑いを浮かべる。繁盛したらしたで、悩みは尽きないようだ。

僕は以前も見た店先のイラストに今気付いたようなふりをして言う。

「お客さんから贈られたイラストがまた増えましたよね？　僕らが作ってきた物も受け取

ってもらえます？」

「もちろんいいよ！　嬉しいなあ」

僕が持参した紙袋を受け取った紀ノ本さんは中を覗いた。緊張の瞬間だ。

「鶴《つる》？　あ、千羽鶴？　こんな本物っぽいおもちゃの万札があるんだねえ」

「本物です」

僕が言えば、紀ノ本さんは冗談だと思ったらしく、笑いながら中身を取り出して照明の下に晒《さら》す。だが本物の一万円札で作った、百羽の折り鶴だ。湯布院はこれを作るために自分の口座から百万円を下ろした。……こんなことに使うぐらいなら、今までのタクシー代とかくれよ。

一万円札を折るのは、なんとも言えない背徳感のある行為だ。しかも紙幣は長方形だから正方形の折り紙より難易度が高い。それなのに湯布院には「破ったら器物損壊」と脅された。折る間、冷や汗が滝のように流れた。もう二度と経験したくない。

そんな暴君湯布院が僕を押しのけて言う。

「提灯代わりに飾っていただければ、新しいフォトスポットになると思いますよ」

質感で本物だと気付いたらしく、紀ノ本さんは紙袋に折り鶴を詰め直して、こちら側に押し出した。でも湯布院は受け取ろうとしないから、僕が横から受け取る。

「……いやあ、冗談きついなあ」

なんとか笑おうとする紀ノ本さんに湯布院はニコリともせずに答えた。

「冗談ではありません。そろそろ広告効果も薄らぐでしょうから、新しい戦略を打たないと、また商売道具を質屋に持ち込むことになりますよ」

「広告？　なんの話？」

「弊社が依頼した、御社の広告です。先ほどおっしゃっていた、インフルエンサーマーケティングもその一つです。店が忙しくなれば、岸井伊緒里《きしいいおり》様につきまとう時間があなたに生まれないだろうと期待しました」

紀ノ本さんはぽかんと湯布院を見た。

自分の店で二月まで働いていたアルバイトの女子大生の名前を湯布院が出したせいか、その彼女に「つきまとう」と言われたせいか、最近の繁盛が無関係であるはずの質屋によってもたらされていたと知ったせいか。

一体、どれに驚いているのだろうか？　僕はそのどれもだった。でもそう言われてみれば、納得できることもあった。

僕のありふれた設定の嘘に泣いた湯布院が、紀ノ本さんのありふれた話を否定した。それなのに、質屋の営業時間中に現場検証へ行くほど乗り気だった。

この矛盾する言動は、紀ノ本さんに関する物語をすでに別人から買い取っていたからだ。その人物こそ、岸井伊緒里さん。今年の三月まで文学部に通っていた大学一年生だが、すでに退学済み。提灯の図柄デザインをした彼女は提灯が燃やされた三日後、林質屋に訪れた。

「岸井様は弊社と契約する際、条件を出されました。新生活の準備が終わる三月三十一日まで、誰にも話さないでほしい、と」

「あんた、何を、どこまで知ってる？」

紀ノ本さんは青ざめ、この世のものではない『何か』を恐れるような目で湯布院を見やる。湯布院はそんな視線さえ、慣れたこととして受け流す。

「このまま続けてもいいですが、よかったら中に入れていただけますか？　そのほうがそちらのためにもなるかと存じますが」

湯布院がちらりと周りを見るから、紀ノ本さんは慌《あわ》てて後方のドアに向かった。その間、湯布院はさりげなく、提灯放火の目撃情報募集ポスターを剝《は》がしてスラックスのポケットに入れた。すぐに店の前に回ってきてシャッターを下ろした紀ノ本さんは、ポスターがないことに気付いていない。

僕らは店の裏側にある従業員用ドアから通された。表側とは違い、普通に民家っぽい構造だ。

「厨房《ちゆうぼう》でお話しできませんか？」

湯布院の申し出に紀ノ本さんはためらったが、結局応じた。香ばしくて甘い匂いがまだ漂っている。湯布院があちこち見回すから、まいった。入ってみたかっただけらしい。職場見学みたいなノリだな、お前。

さすがに紀ノ本さんも焦《じ》れたらしく、「なんなんだ、あんたら！」と声を荒らげた。

「何が目的だ」

しかし湯布院はその問いかけには答えない。

「『何を、どこまで』というお話でしたね。修行期間と称して地域の最低賃金以下の時給、人格を否定する暴言の数々、無給のデザイン案に何十回にも及ぶリテイクを出したとも聞いております。一番つらかったのは、自分の作品が雑に扱われたことだそうです。あなたは提灯をメーカーに発注する際、耐久性に優れたビニールではなく和紙を素材に選んだにも拘《かか》わらず、追加オプションの撥水《はっすい》加工はしなかった。設置する際、岸井様が自費で買った専用カバーをかぶせたら、『見栄《みば》えが悪い』と外し、あまつさえ、三周年イベントの売り上げが伸び悩んだことを彼女のせいにした。岸井様がアルバイトを辞めると申し出たら、さらに酷く罵《ののし》ったそうですね。燃やされた提灯を見て、その悪意が自分に向く日を想像したそうです。弊社に訪れたのは引っ越し資金のため。サークル仲間にも親にも話せなかった。自作自演の犯人が周りから同情を得ているので、誰を信じていいかわからなくなったからです」

　昨日、質屋で湯布院から聞いた話によると、岸井さんはもともと美大を志望していた。でも二浪して、自分に才能がないと思い知った。大学は別の分野に進んだけれど、バイト先でその話をしたら、紀ノ本さんから提灯の図柄デザインを頼まれた。三周年イベントの目玉だ。すごく嬉しくて、その期待に応えようと精一杯努力した。

　不条理な賃金も暴言も、自分がいたらないせいだと思い込んでいたぐらい、他人を疑わない性格だった。そんな人が誰も信じられない状況に追い込まれてしまったことが悲しい。

　夢を叶えた人が、夢に憧《あこが》れる人を平気で踏みにじるのかと、そればかりが気になった。

湯布院の調査力は信用しているが、紀ノ本さんを信じたい気持ちもある。

　紀ノ本さんは湯布院を岸井さんの代理人だとでも思ったらしく、落ち着きを取り戻し始めた。

「確かにあの日は少し揉《も》めたけど、それで犯人扱いするなんて……。信じたのか？　そんな話」

「はい。弊社がそう結論づけるだけの理由をこれから実演します」

湯布院が僕に向かって右手を差し出す。打ち合わせ通りの展開だが、やりたくない。しかし湯布院がうながすように指をくいと動かすので、百羽の折り鶴を渡した。

「こちらお借りしますね」

湯布院は折り鶴を左手に持ち替えながらそう言って、近くにあったガスマッチを手に取る。紀ノ本さんがまさか、と言わんばかりに目を見開いたが、湯布院はそのまさかを実行した。折り鶴に火をつけたのだ。しかし燃え移った火は数ミリだけ折り鶴を焦《こ》がして、すぐにくすぶって消えた。

「防炎スプレーを振り付けてあります。燃えにくいとはいえ、ご覧の通り、燃えはします。岸井様が設置前の提灯に使ったスプレーと同一商品です。効果持続期間は屋外で五年と表記されています」

流れるように説明する湯布院を紀ノ本さんが「あんた馬鹿《ばか》だろ！」と大声でさえぎった。

「火が消えずに店まで広がっていたらどうするつもりだったんだ！」

「使用した防炎スプレーは、防炎性能試験をクリアした商品です」

「非常識すぎる！」

同意見だ。百万円の折り鶴を折らされ、その上火をつけられた分、紀ノ本さんの何倍もの声量で言いたい。

しかし湯布院は何が悪いのかまったくわかっていなかった。きょとんとした顔で僕に折り鶴とガスマッチを渡し、剝がしたポスターをスラックスのポケットから取り出した。

「提灯をこの写真の状態にするには、時間をかけて全面をじっくりあぶる必要があります。ひさしに吊り下げたままでは難しいでしょう。腕が疲れますし、どうしたって目立ちます。このような時間と手間がかかることをやり遂げられるのは限られた人間です。岸井様は提灯が誰かの気の迷いで火をつけられたのではなく、悪意を持って破壊されたのだと知りました。動機があり、店先で提灯を外す姿を第三者に目撃されても不審行動とは映らない人物」

たとえば、店のロゴがプリントされた半袖Tシャツ姿の紀ノ本さんなら、うってつけだ。

ここまで言っても紀ノ本さんはまだ認めない。

「それでもやっぱり、僕が犯人だという証拠はない。可能性の一つだ」

「まさにおっしゃる通りです。しかし可能性の一つでいいんです。それだけで物語は綴《つづ》れます。証拠は必要ない。……説明がまだでしたね。弊社では、お客様が持ち込まれた質草《しちぐさ》にまつわる思い出に基《もと》づいて小説を執筆しております」

「思い出を買い取る噂はデマだって、あんたが……」

「はい。デマです」

湯布院にとっては筋が通っているらしいが、他人からすれば矛盾して聞こえる。紀ノ本さんは困惑の表情を浮かべ、助けを求めて僕を見た。

しかし場の流れを読まない湯布院は話し続ける。

「岸井様は弊社に語ることを求めました。自分と同じ思いをする被害者が二度と生まれないように。……そう、初めこそは」

饒舌《じょうぜつ》な語り口は止まらない。

「三月三十日、岸井様がご両親を連れて弊社にいらっしゃいました。小説執筆を止めるためです。時間が経《た》ったことで精神的に回復され、ご両親とも話し合い、パワハラ被害と賃金未払いで御社を訴えるつもりだそうです。岸井様はスケジュール帳に出勤記録をつけていましたし、受信フォルダには暴言メールも残っています。一部興味深く拝見しましたが、『プロの仕事』が口癖なんですね。『タダ働きを強いるやつが言うことじゃない』とお父様がお怒りでした。しかし放火騒ぎは自作自演だと公表するのであれば、訴訟をしないつもりがあるそうです。それ相応の罰は与えたくても、傷ついた娘の今後を優先させたいという親心ですね」

どちらを選びますか？　と湯布院が問うと、紀ノ本さんはショックで立っていられないように壁に手を伸ばすが、体を支えきれず、力なく床に座り込んでしまった。

次の瞬間、湯布院は紀ノ本さんとの距離を詰める。意識的なのか無意識なのか、ドアへの動線を塞いだ。

「動機は、反発するアルバイトを懲《こ》らしめるためですか？　犯人捜しは、ご自身の潔白の証明のため。同情客による収益が長続きするとは思わなかった。名前も知らない相手から聞いた噂を頼りにするほど、追い詰められていたんですよね？　弊社に訪れたときにリュックを背負っていたのは、そのまま夜逃げする予定だったから。周りの支援を受けて開店し、成功者として一定の評価を受けていたからこそ、相談相手もいなかった。賃金を払いしぶる経営状況でさえ、三周年イベントをする見栄《みえ》が捨てられなかった性格ですからね」

とっさに紀ノ本さんは何か言おうとする。でも声にはならなくて、唇の端に唾液《だえき》の泡がついただけだった。

湯布院は持っていたポスターをクシャリと手の中で潰す。目の前の男の未来を暗示するかのように耳障りな音を立てながら片手で丸め終えると、楽しそうに笑う。

「今のあなたの物語なら、査定に値しますよ」

……ああ、こんな顔だったのか。僕は思わず、湯布院から目をそむけた。この状況を知っている。去年のクリスマス、湯布院はきっとこんな顔をして僕に言ったのだ。

――だから五十万円分、きみの人生を俺に差し出せ。

友達の家で対戦ゲームに勝ったみたいな、そんな無邪気さでお前。……お前。

それを間近で見てしまった紀ノ本さんはがくりとうなだれた。

「自首する」

「その必要はありません。規模から考えると放火罪にあたりませんし、所有権のある提灯を自分で燃やす行為は器物損壊にはならない。岸井様の件も、弊社がサポートします」

「それが怖いんだ！　全部打ち明ける……。だからもう許してくれ」

紀ノ本さんは膝《ひざ》を抱き寄せ、小さくなって言う。

自分の裏の顔を暴いてなお、協力したがるやつなんて真っ当じゃない。しかもそれが小説のためだ。敵に回すより、味方であるほうが恐ろしく感じて当然だ。

湯布院はかける言葉を見失い、丸めたポスターを投げた。紀ノ本さんの肩に当たったが、反応はない。それを見て湯布院は細い息を吐いて、目元をこすった。

岸井さんの敵討《かたきう》ちをしたと喜ぶでもなく、真相を暴いたと達成感に浸ることもない。

湯布院は泣く。

小説が書けないことを、自分の夢が叶わないことを、泣く。

店を出たあと、なんとなく後味の悪さを僕は抱えていた。

紀ノ本さんが作るたい焼きはうまかった。子どもに声をかける紀ノ本さんは優しかった。岸井さんが提灯の図柄デザインを頑張ろうと思ったのは、紀ノ本さんの店が好きだったからじゃないか。

わからない。

いつ、どんなふうにして、人は間違えてしまうのだろう。表と裏。白と黒。そんな明確なラインなんて実はないかもしれない。僕が湯布院に嘘をついたみたいな、ちょっとしたきっかけ。そう気付くと薄ら寒いものを感じて、僕は首をすくめる。

「質屋に帰る?」

声をかけると、湯布院は首を横に振った。

「今日は店に寄らず、このまま家に帰る」

「あっそ。じゃあ、タクシーを拾うまで一緒に行くよ」

隣を歩いていると、湯布院の脚《あし》に僕が持つ紙袋がぶつかった。睨みつけられたから、僕は反射的に「悪い」と謝って右手から左手に持ち替える。

「初めからなぜそうしない。きみは空間把握《はあく》能力に欠けている。だから、折り図を見ても鶴がすぐに折れなかったし、方向音痴なんだ」

「一万円の折り鶴なんて経験ないんだからしょうがないだろ。道はたまたま迷ったけど、ちゃんと店に着いた。それになんで僕が紙袋を持たされているんだ。お前のだろ。僕が持ち逃げしたらとか考えない？」

百万円だぞ、と小声でささやく。しかし湯布院は鼻で笑った。

「法的拘束力のない違約金を完済しようとするようなきみにそんな度胸はない」

「僕はお前の想定外の極悪人だぞ」

「俺が想定しなかったのは、嘘をついたと自己申告する人間だ。自分を雇えと言うわりに、いざ頼んだらアルバイト代を断るような理解不能のお人よしだ」

湯布院は僕を見ないまま、前を見たまま続ける。

「二月にも文《ふみ》ちゃんに伝言してもらったが、店に来なくていい。そうするだけの義理も義務もきみにはない」

あまりにも急な話だったから、ただ戸惑った。

「これまで散々、借金を盾にしてきただろ。今更そんな……」

「取り立てたことがあるか？　違法な違約金は受け取れない。俺の立場を考えたらわかるだろう？」

さっきから、湯布院が少し早口になっている。

さっさとこの時間が過ぎてほしいみたいだ。

そのことに本人も気付いたのだろう。眉間《みけん》に皺を寄せ、目を少し伏せてから、湯布院はあえて僕を見た。

「これに懲りたら、契約書はよく読めよ」

低いが明瞭な、慈《いつく》しむように柔らかな声を正面から聞く。

変なんだ。十二月からずっと借金生活に苦しんできたのに嬉しくない。

ふいに僕はつんのめった。いつの間にかほどけた靴紐《くつひも》を踏んだせいだ。立ち止まった僕を湯布院は待たない。待ってくれない。湯布院はそういうやつだ。急にこんなことを言い出したのだって、彼なりの優しさだ。

それはわかっている。わかってしまうだけの付き合いだ。でも僕の気持ちは言わなきゃわかんないのだろうか。

湯布院はワガママで、年上の僕を敬《うやま》わないし、育ちはよさそうなのに口が悪い。いつかシャレにならないことをやってしまう気もする。欠点を挙げればきりがないが、たった一つの長所がそれらすべてに勝る。

こいつといると、すごく楽しい。

結ぶための数秒が焦れったくて、靴紐を靴の中にねじ込んだ。すぐに駆け出し、湯布院を追い越して振り返る。

「また行くから」

　僕が言えば、湯布院は全然嬉しくなさそうに顔をしかめる。

「なぜ？」

「作家志望なら、それぐらい読み取ってみろよ」

「関係あるか？」

「試験問題でもあるだろ？　登場人物がどんな気持ちか答えなさい。読み取れてこそ、書けるようにもなる。作家志望なら鍛えておけ」

　一応は納得したらしく、湯布院が黙り込んだ。やがて川沿いの大通りに出たから、僕は手を挙げてタクシーを停《と》める。湯布院と付き合うようになって、すっかり手慣れたなあ。

　後部座席のドアが自動で開くが、湯布院は突っ立ったままだ。

「乗れよ、中学生。慣れない道の夜の一人歩きは危ないぞ」

「いや、いい。乗らない」

「なんで？」

「きみの心情を知るためだ。きみは普段タクシーを使わないだろ。電車で帰る」

　そう言って歩き出したが、ふと思いついたように付け足した。

「それに数日後には高校生だ」

ああ、そっか。もう四月だもんな。

タクシーの運転手が「乗るの？」と聞いてくる。僕は「すみません」と謝って湯布院を追う。

川沿いの遊歩道にはライトアップされた桜が並んでいる。満開を過ぎた桜の花びらが風に吹かれて円を描きながら舞い落ちる。湯布院はそんな美しい春の光景すら視界に入っていないみたいにただ前を見ている。

風流を解さない男、それが湯布院慧《けい》。

こうして僕が知る限りの中学生質屋の物語は終わる。でもすぐに高校生質屋の物語が始まる……といいなと思うのでそう書いておこう。

※この作品はフィクションです。実在の人物・団体・事件などにはいっさい関係ありません。

集英社オレンジ文庫をお買い上げいただき、ありがとうございます。
ご意見・ご感想をお待ちしております。

● あて先
〒101-8050　東京都千代田区一ツ橋2-5-10
集英社オレンジ文庫編集部 気付
家木伊吹先生

放課後質屋

僕が一番嫌いなともだち

集英社
オレンジ文庫

2019年4月24日　第1刷発行

著　者　家木伊吹
発行者　北畠輝幸
発行所　株式会社集英社
〒101-8050東京都千代田区一ツ橋2-5-10
電話【編集部】03-3230-6352
【読者係】03-3230-6080
【販売部】03-3230-6393（書店専用）
印刷所　凸版印刷株式会社

※定価はカバーに表示してあります

ISBN 978-4-08-680247-5 C0193